Marco Lemessi

Der Ring von Santorini

Roman

Dieses Buch ist ein Werk der Fiktion. Namen, Charaktere, Orte und Ereignisse sind Produkte der Fantasie des Autors oder werden fiktiv verwendet. Jede Ähnlichkeit mit tatsächlichen Ereignissen, Orten oder Personen, lebend oder tot, ist rein zufällig.

Originaltitel: CHANGING HISTORY

ISBN 978-1-7352054-8-9

Umschlaggestaltung von *Les, germancreative*

facebook.com/ChangingHistoryBook/
instagram.com/ChangingHistoryBook/

Übersetzung: Winny Wambach

Für Elena & Isa, die wunderbarsten Frauen in meinem Leben

Für Rom, die Stadt, die ich am meisten liebe

Für Carlo, Federico, Giuliano, Ilda, Laura und all jene, die mich auf meinem Lebensweg begleiteten und ihn viel zu früh verlassen haben

Übersicht

Teil Eins: STRONGILI 7
Teil Zwei: DER DISKOS VON PHAISTOS 27
Teil Drei: JULIANUS 77
Teil Vier: ROMA INVICTA 207
Anmerkung des Autors 223
Danksagungen 227

Teil Eins: STRONGILI

Späterhin aber entstanden gewaltige Erdbeben und Überschwemmungen, und da versank während eines schlimmen Tages und einer schlimmen Nacht das ganze streitbare Geschlecht bei euch scharenweise unter die Erde; und ebenso verschwand die Insel Atlantis, indem sie im Meere unterging.

Plato, *Timaeus*
[Der Text folgt der Übersetzung durch Franz Susemihl von 1856]

PROGLOG

Insel Strongili, Ägäisches Meer
ca. 1600 v.Chr.

Die Erde begann zu beben. Am Anfang nur leicht, kaum wahrnehmbar. Die Tiere bemerkten als erste die Veränderungen. Hunde begannen ohne ersichtlichen Grund zu bellen, Schafe blökten unruhig in ihren Ställen. Möwen, die normalerweise lärmend die Insel umflogen, waren nirgends zu sehen.

Bald nahmen auch die Menschen das Zittern wahr. An den Außenwänden der drei- und vierstöckigen Gebäude, den höchsten der Stadt, traten bedrohlich die ersten Risse auf. Ein dumpfes und beängstigendes Grollen, das aus den Eingeweiden der Erde aufstieg, war auf der ganzen Insel zu hören.

Bei Sonnenuntergang verließen viele der über 30.000 Einwohner von Strongili die wohlige Wärme ihrer Häuser und versammelten sich am Meer im Süden der Insel. Sie verbrachten die Nacht im Freien und trugen Decken aus Rohwolle und etwas Essen mit sich. Obwohl alle hofften, bald wieder zur Normalität zurückkehren zu können, brachten die Pragmatischsten unter ihnen Schmuck und andere Kostbarkeiten mit und bereiteten die Boote für die Abfahrt vor.

Strongili lag nördlich des 36. Breitengrades auf der Nordhalbkugel und war nie eisigen Temperaturen ausgesetzt, und auch diese Herbstnacht mit ihren 16 Grad Celsius war keine Ausnahme. Die milden Temperaturen begünstigten Viehzucht und Landwirtschaft, besonders den Weinbau. Aber es war auf dem Meer wo Strongili absolut überragend war und keine Rivalen hatte. Die starken und schnellen Segelschiffe ermöglichten einen florierenden Handel mit den umliegenden Inseln und garantierten den Inselbewohnern die unbestrittene militärische Vormachtstellung in der Ägäis.

Am Nachmittag, wenige Stunden vor Einbruch der Dunkelheit, kam es zu den ersten Einstürzen. Ein paar Häuser im Hauptort der Insel gaben plötzlich nach und stürzten in einer Explosion aus Steintrümmern und Staubwolken in sich zusammen, was bei den wenigen Menschen, die noch in der Stadt waren, Panik auslöste. Wenige Minuten später wurde das Aquädukt, die Trinkwasserquelle für viele von Strongilis Häusern, von einer brutalen Erschütterung zerrissen, die ein tiefes Loch in den kargen, staubigen Boden grub.

Die seismischen Bewegungen wurden intensiver und häufiger, mit zunehmender Verwüstung. Ein Dutzend Gebäude stürzten mit donnerndem Lärm in sich zusammen und hinterließen Stein- und Schutthaufen, wo nur wenige Augenblicke zuvor feste Wände mit Fresken in eleganten Farben gestanden hatten. Ein Flügel des königlichen Palastes zerfiel ohne Vorwarnung und begrub einen in seinen Kellern versteckten Gegenstand unter Tonnen von Schutt.

Während die Einwohner von Strongili erschrocken in den nur wenige hundert Meter vom Hauptort entfernten Hafen flohen, konnte der König nicht länger warten und ordnete die sofortige Räumung der Insel an. Dutzende Boote, die gesamte Flotte von Strongili, versammelten sich wenige Meter vor der Küste im südlichen Teil der Insel. In nur wenigen Stunden bestiegen alle Einwohner die Schiffe. Wie durch ein Wunder wurden keine menschlichen Verluste verzeichnet.

Die Flotte setzte Segel und fuhr nach Süden zur großen Insel Kaptara, wie vom König befohlen. Er hielt Kaptara für weit genug von Strongili entfernt, um seinen Leuten eine sichere Zuflucht zu bieten, bis sich die Dinge wieder normalisierten.

Was an diesem Tag geschah, war jedoch nur der Anfang. Das Schlimmste sollte noch kommen.

***

Sieben Monate waren seit dem Tag vergangen, an dem Strongilis Flotte die Anker lichtete und die vom Erdbeben zerstörte Insel verließ.

Von der Spitze des Hügels aus beobachtete Áreos, der Kommandant der Königlichen Garde, wie der Vollmond seinen silbernen Lichtschein am schwarzen Himmel ausbreitete. Eine leichte Brise wehte nach Süden, ließ die Zweige der Olivenbäume auf dem Hügel sanft schwanken und trug die Asche mit sich, die aus dem Vulkankegel aufstieg, der im nördlichen Zentrum der Caldera aufgetaucht war.

Das rhythmische Geräusch der sich brechenden Wellen an der Südküste der Insel erinnerte ihn an den Moment vor sieben Monaten, als die ersten Schiffe im Wind ihre Segel setzten und sich von der Insel entfernten – mit seiner einzigen Tochter Eilínas auf einem von ihnen. Er hatte sich damals gefragt, ob das Mädchen verängstigt oder aufgeregt war bei dem Gedanken, mitten in der Nacht das Meer zu überqueren. Er sah ihr Bild vor sich: ihre Hände umklammerten die Reling des Schiffes, ihr langes braunes Haar wehte leicht im Wind, die haselnussbraunen Augen auf das schwarze Meer gerichtet, auf der Suche nach den

Fackeln der nahen Schiffe.

Áreos stand in der Blüte seines Lebens, hatte grüne Augen und krauses dunkelbraunes Haar. Seit seiner Jugend war er zum Krieger ausgebildet worden und brillierte in den folgenden Jahren bei allen militärischen Auseinandersetzungen, vor allem auf See, durch Mut und List. Seine Haltung und sein Charisma hatten ihm die Wertschätzung und das bedingungslose Vertrauen seiner Männer eingebracht.

»Kommandant, wir sind bereit!«

Die Stimme seines Stellvertreters Thalássios riss ihn aus seinen Gedanken und holte ihn abrupt in die Realität zurück. Áreos starrte weiter auf den Mond, ohne Thalássios anzusehen.

»Ist der *Kỳklos* auf dem Wagen?«

»Ja, Kommandant! Die Männer haben gerade die Seile festgezurrt.«

»Gut. Lasst uns aufbrechen.«

Thalássios hob seinen rechten Zeigefinger und Daumen zum Mund und pfiff laut.

Wenige Augenblicke später öffnete sich das große Bronzeportal des königlichen Palastes, und ein grauer Esel der einen Holzwagen zog tauchte auf. Ein stämmiger Soldat mit dichtem, schwarzem Haar führte das Tier. In der rechten Hand hielt er das Halfter, in der linken eine brennende Fackel. Ein weiterer Soldat, groß und dünn, bewaffnet mit einem langen Speer und einem bunten ovalen Schild, folgte dem Streitwagen mit geringem Abstand.

Áreos, gefolgt von Thalássios, näherte sich dem Streitwagen und winkte dem stämmigen Soldaten, den Esel anzuhalten. Dann überprüfte er sorgfältig die Seile, um sicherzustellen, dass der *Kỳklos* sicher am Streitwagen befestigt war. Er streichelte sanft die perfekt polierte Metalloberfläche der Schutzhülle und rief die Götter stillschweigend an, damit ihre Mission erfolgreich würde.

Obwohl nur der König den *Kỳklos* benutzen konnte, war sich Áreos als Kommandant der Königlichen Garde seiner außerordentlichen Macht bewusst. Er wusste, dass viele von Strongilis militärischen und kommerziellen Erfolgen dem *Kỳklos* zuzuschreiben waren, dem großen Metallring, der von den Göttern *O-ma-nói* gestiftet worden war.

Der König war kürzlich schwer erkrankt und hatte Áreos befohlen, den *Kỳklos* zu bergen, der beim Teileinsturz des königlichen Palastes begraben worden war, und nach Kaptara in Sicherheit zu bringen. Der König würde dann seinem einzigen Sohn und Thronfolger dessen Macht offenbaren.

Also waren in der Nacht zuvor Áreos und fünf Männer der königlichen Garde nach Strongili gesegelt. Am Morgen ließ Áreos zwei seiner Männer zurück, um das Schiff zu bewachen, und stieg mit den anderen drei den Hügel hinauf zu den Überresten der Inselhauptstadt. Was sie auf dem Hügel vorfanden, war eine geisterhafte und stille Ansammlung von Gebäudeskeletten und Schutthaufen. Wo einst lärmende Kaufleute und spielende Kinder zu hören waren, wo Handwerker ihre Waren anpriesen, Schafe blökten und Hunde bellten, herrschte jetzt eine unwirkliche und bedrohliche Stille über der Stadt.

Sie brauchten einen ganzen Tag voll harter und geduldiger Arbeit, um Tonnen von Schutt beiseite zu räumen und den auf wundersame Weise unbeschädigten *Kỳklos* aus dem noch vor wenigen Monaten elegant mit Fresken verzierten Raum in den königlichen Kellern zu bergen.

Ein Getöse durchbrach plötzlich die Stille der Nacht. Der Boden bebte so heftig, dass Áreos sich an der Kante des Streitwagens festklammern musste um nicht das Gleichgewicht zu verlieren. Thalássios und der mit einem Speer bewaffnete Mann fielen zu Boden, als hätte sie eine unsichtbare Hand niedergedrückt. Der Esel schrie laut auf, die Schnauze nach oben gerichtet und die Augen entsetzt aufgerissen. Ein Rabe flog vom Dach eines Gebäudes und verschwand über dem Meer, verschluckt von der schwarzen Nacht. Der stämmige Soldat geriet ins Schwanken, schaffte es aber, stehen zu bleiben. Weitere Häuser bröckelten geräuschvoll und wirbelten Staubwolken auf. Etwa zehn Meter von den vier Männern entfernt öffnete sich auf dem Hügel ein großer Riss. Ein intensiver Schwefelgeruch erfüllte die Luft, die plötzlich wärmer geworden war.

»Die Götter sind zürnen uns!« stammelte der große magere Soldat, stand auf und sammelte schnell den Speer ein, den er beim Sturz verloren hatte.

»Wir haben keine Zeit zu verlieren! Bringen wir den *Kýklos* zum Schiff und verschwinden wir hier!« befahl Áreos.

Sofort machte sich der stämmige Soldat auf den Weg zum Meer, den verängstigten Esel am Halfter mit sich ziehend. Thalássios und der Soldat mit dem Speer folgten dem Streitwagen wortlos. Sie sahen sich misstrauisch und ängstlich um.

Eine unwirkliche Stille, Vorbote des Unglücks, fiel wieder über die vier Männer. Eine große schwarze Wolke verschluckte den Mond und die Dunkelheit wurde noch dichter. Außerhalb des flackernden Lichtkegels der Fackel des stämmigen Soldaten schienen Himmel, Erde und Meer zu einer einzigen, schwarzen, undurchdringlichen Masse zu verschmelzen.

In wenigen Minuten erreichten die vier Männer den Hafen. Ihr Schiff wartete auf sie, bereit zum Segeln. Einer der beiden zurückgebliebenen Wachsoldaten patrouillierte bewaffnet mit Speer und Schild im Schein einer Öllaterne auf der Gangway. Seine Augen waren auf den Hügel gerichtet und zeigten Besorgnis und Angst. Der andere Soldat war an Bord damit beschäftigt, ein paar Krüge mit Trinkwasser zu verstauen für den Fall, dass der Wind die Reise unerwartet verlängern sollte.

Strongilis Schiffe waren für ihre Agilität und Geschwindigkeit bekannt. Im Schnitt 20 bis 30 Meter lang, konnten sie bei günstigem Wind eine beachtliche Geschwindigkeit von sechs Knoten halten[1].

Áreos sah zu den Sternen und dachte wieder an sein kleines Mädchen, das in Kaptara auf ihn wartete.

Schnell lösten der stämmige Soldat und Thalássios die Seile, hoben den *Kỳklos* in seiner Schutzhülle hoch und trugen ihn vorsichtig an Bord des Schiffes. Dann befestigten sie ihn an den Balken des Laderaums, um zu verhindern, dass er während der Fahrt schwanken und das Schiff beschädigen konnte.

Áreos bestieg das Schiff, gefolgt von den letzten beiden Soldaten, die noch an Land waren.

»Holt auch den Esel an Bord. Wir haben genug Platz«, befahl Áreos.

Der stämmige Soldat ließ sich das nicht zweimal sagen. Er sprang auf den Pier, packte das Tier am Halfter und führte es über die Laufplanke, die sich unter ihrem

---

[1] Eine Geschwindigkeit von einem Knoten entspricht einer Seemeile (1,85 km) in einer Stunde. Sechs Knoten entsprechen also etwa 11 km/h.

Gewicht leicht durchbog, an Bord.

Einen Moment später holte Thalássios die Anker ein, stellte die Segel in den Wind und das Schiff ließ Strongili schnell hinter sich. Der Nordwind füllte die Segel und der Bug schnitt durch das schwarze Wasser wie eine scharfe Klinge. Der Mond und die Sterne erhellten die Nacht und umrissen die Silhouetten der sechs Männer an Bord.

Áreos drehte sich um und blickte zurück auf die Küste von Strongili. Er fragte sich, ob und wann er wieder einen Fuß auf die Insel setzen würde, auf der er geboren worden war.

***

Ungefähr 20 Minuten nachdem das Schiff Strongili verlassen hatte, wurde der Esel unruhig. Zuerst schrie er laut und es klang verzweifelt, als würde er um Hilfe rufen. Dann begann er sich zu winden und versuchte, sich von dem Seil zu befreien mit dem er am Mast des Schiffes angebunden war. Der stämmige Soldat sprang auf, ging zu dem Tier und streichelte sanft seine Schnauze um es zu beruhigen.

Genau in diesem Moment explodierte die Welt um sie herum.

Das Getöse war noch Dutzende von Kilometern weit zu hören, und die Stoßwelle traf das zerbrechliche Holzschiff mit den sechs Männern und dem Esel wie eine Bombe.

Das Segel wurde weggerissen. Der Mast brach und fiel auf das Deck, zerschmetterte Thalássios und tötete ihn sofort. Zwei Männer wurden wie Konfetti über Bord geworfen und verloren sich in der Dunkelheit des Meeres.

Eine riesige brennende Wolke breitete sich vom Vulkankegel in alle Richtungen aus und bedeckte in wenigen Minuten die Insel, wobei sie kilometerweit Felsen und Erde verstreute.

Wenige Augenblicke später fiel ein wahrer Regen aus Vulkangestein auf das Schiff, durchschlug die Brücke und den Rumpf an mehreren Stellen und entzündete Dutzende von Feuern, die die drei überlebenden Männer fieberhaft zu löschen versuchten.

Ein brennender Felsbrocken traf den stämmigen Soldaten am Rücken, brach ihm das Rückgrat und tötete ihn. Der kleine Esel hatte nur noch Zeit für einen letzten Schreckensschrei, bevor er von einem anderen Felsblock getroffen und getötet wurde.

Einen Moment später sah Áreos mit Entsetzen, wie auch der letzte seiner Männer schreiend, von lodernden Flammen umgeben, über die Reling des Schiffes sprang und in der schwarzen Ägäis verschwand.

Allein gelassen duckte sich Áreos schutzsuchend hinter die Heckreling. Ein Regen brennender Steine schlug immer wieder auf das Schiff ein.

Wenige Minuten später, die Áreos wie Stunden vorkamen, ließ der Vulkanregen nach. Áreos stand fassungslos auf. Er berührte seine Arme, seine Beine, seine Brust. Abgesehen von ein paar Kratzern und leichten Verbrennungen hatte er keine ernsthaften Verletzungen. Seine Ohren klingelten und die Geräusche um ihn herum waren gedämpft. Er rief seine Männer einen nach dem anderen, erhielt aber keine Antwort. Er suchte in der Dunkelheit nach Lebenszeichen, sah aber nichts als Meer.

Das Schiff nahm schnell Wasser auf und neigte sich bereits stark nach backbord. Das schräge Deck machte es Áreos noch schwerer, sein Gleichgewicht zu halten. Flammen verhüllten den Bug und die Reste des Mastes. Ein Dutzend anderer Brände verzehrten schnell die Brücke und die Außenpanzerung. Schwarzer Rauch stieg in den Himmel, wurde immer dichter und erschwerte das Atmen. Áreos erkannte, dass das Schiff in wenigen Minuten sinken würde. Er sah sich um und suchte etwas, woran er sich festhalten konnte wenn das Schiff unterging.

In diesem Moment sah er sie.

Über 30 Meter hoch und so breit, dass Áreos ihr Ende nicht sehen konnte, bewegte sich eine gigantische Welle rasend auf ihn zu, ein faszinierender und zugleich erschreckender Anblick.

Áreos schaute ein letztes Mal nach Süden, zum sicheren Hafen von Kaptara, den er nie erreichen würde, hin zu der kleinen Tochter, die er nie wiedersehen würde.

Dann wandte er sich nach Norden und betrachtete die Wasserwand, die schnell auf ihn zuraste. Sie war nur noch hundert Meter von den Überresten des Schiffes entfernt. Áreos atmete tief ein, ließ seine Brust anschwellen, spreizte seine Beine, um mehr Stabilität zu gewinnen, spannte seine Muskeln an und bereitete sich auf den Aufprall vor.

Die Welle hob das Heck des Schiffes wie ein schlankes Olivenblatt. Der Aufprall zertrümmerte die Überreste des Decks, die bereits vom feurigen Vulkanregen durchlöchert und vom Feuer zerstört waren. Áreos wurde heftigst von der Wassermasse getroffen, die ihn vom Deck riss und auf den Meeresgrund drückte.

Der Wasserstrudel wirbelte ihn herum und herum, bis er die Orientierung verlor. Er wusste nicht mehr, wo sich die Wasseroberfläche oder der Meeresboden befand. Alles um ihn herum war vollkommene Dunkelheit.

Das eisige Wasser stach ihm wie tausend kleine Nadeln ins Fleisch. Áreos schlug kräftig mit Armen und Beinen und versuchte verzweifelt seinen letzten Atemluftblasen an die Oberfläche zu folgen. Aber das wirbelnde Wasser zog ihn weiter in den Abgrund.

Obwohl er versuchte, seinen Atem möglichst lange anzuhalten, öffnete sein Mund sich unwillkürlich und Áreos inhalierte Wasser. Mit einem brennenden Gefühl in der Brust und Tränen in den Augen schwamm er verzweifelt weiter Richtung Oberfläche. Plötzlich erkannte er, dass alles zwecklos war. In diesen letzten Augenblicken des Lebens verspürte er ein unerwartetes Gefühl der Ruhe.

Áreos' letzter Gedanke galt nicht dem *Kỳklos*, der gerade mit den Überresten des Schiffes den Meeresboden erreicht hatte. Sein letzter Gedanke galt seiner kleinen Eilínas. Er sah sie nur wenige Meter vom Ufer entfernt am Strand stehen. Mit offenem, windverwehtem Haar, blickte sie ihn mit ihren haselnussbraunen Augen an. Ihr Gesicht lächelte und ihre Hand winkte ihm zur Begrüßung zu. Der Gedanke an sein kleines Mädchen beruhigte ihn und ein Lächeln breitete sich auf seinem Gesicht aus, als sein jetzt lebloser Körper auf den Meeresgrund glitt.

***

Genau zur gleichen Zeit galoppierte ein Pferd hundert Kilometer weiter südlich auf den Hügeln von Kaptara. Der Reiter hatte gerade persönlich Befehle vom König erhalten. In seiner Umhängetasche, in ein Bündel Heu gewickelt, trug er eine Tonscheibe. Noch ein paar Minuten und er würde sein Ziel erreichen, den Königspalast von Phaistos.

1

Etwa 2 km südwestlich von Santorini,
9. März 2022, ca. 10:30 Uhr

Die Sonne stand hoch am Himmel. Die Temperatur war knapp unter 20 Grad Celsius, recht mild mit einem Hauch von Frühling, der in wenigen Wochen offiziell beginnen würde. Die Intensität des blauen hellenischen Himmels wurde von nur wenigen weißen Wolken getrübt.

Ein paar riesige Kreuzfahrtschiffe lagen geduldig innerhalb des Kraters. Vor dem Hafen von Órmos Athiniós, in der Nähe der unbewohnten Inseln Nea Kameni und Palia Kameni vertäut, warteten die Schiffe lautlos auf hunderte von lärmenden Touristen, die vor wenigen Stunden mit dem lokalen Shuttle-Service auf die Insel gebracht worden waren.

Die Insel Thira, besser bekannt als Santorini, benannt von den Venezianern nach der Märtyrerin Irene von Thessaloniki, bildet mit den Nachbarinseln Aspronisi, Christiana, Nea Kameni, Palia Kameni und Thirasia den Archipel von Santorini, Teil des Kykladen-Archipels. Mit etwa zwei Millionen Besuchern pro Jahr ist Santorini eines der wichtigsten Touristenziele in Griechenland.

Am Tag zuvor hatte ein Erdbeben der Stärke 5,9 die Unterwasser-Glasfaserkabel beschädigt, die Santorini mit dem Festland verbanden, was sowohl den Einwohnern als auch den Touristen auf der Insel zahlreiche Probleme bereitete. Mit dem Epizentrum in einer Tiefe von rund vier Kilometern, rund 80 Kilometer nördlich der kretischen Hauptstadt Heraklion, hatte die tektonische Bewegung den

Meeresboden auf einer Fläche von knapp zwei Quadratkilometern um über drei Meter angehoben.

Ein paar Möwen kreisten geräuschvoll über dem amerikanischen Spezialschiff und bettelten bei der Besatzung um Nahrung. Die *Destiny*, knapp über 100 Meter lang und fast 20 Meter breit, war auf die Verlegung und Reparatur von Seekabeln spezialisiert. Mit seiner 46-köpfigen Besatzung und dem einzigartigen türkisfarbenen Rumpf hatte das Schiff wenige Minuten zuvor etwa zwei Kilometer südwestlich der Insel Santorini Anker geworfen und lag nun in dem Bereich zwischen Santorini und der unbewohnten Insel Christiana.

»Die Kabel befinden sich unter uns, in einer Tiefe von 1398 Fuß«, sagte Javier García ohne den Blick von dem Monitor vor ihm abzuwenden.

Javier, ursprünglich aus Monterrey, Mexiko, emigrierte als Junge in die USA und wurde später US-Bürger. Seine Verbundenheit zu seinem Heimatland wankte jedoch nie, wie das gelb-blaue Trikot der mexikanischen *Tigres*-Fußballmannschaft zeigt, das Javier an diesem Tag trug. Von kleiner Statur, mit einem dicken, gepflegten Schnurrbart und rabenschwarzem Haar mit graumelierten Schläfen, trug Javier eine Brille mit einem schwarzen 3D-gedruckten Rahmen. Seit einigen Jahren war er der Meeresboden-Monitoring-Experte für die *Destiny*.

»Brittany, wie ist der Status des ROV?« fragte Jordan Ryan.

Mit seinen blonden Haaren und strahlend aquamarinblauen Augen, die seine schwedische Herkunft verrieten, war Jordan seit fünf Jahren Kapitän der *Destiny*. Der in Orion, Illinois, geborene Jordan entwickelte seit seiner Kindheit eine tiefe Liebe zum Meer und zur Navigation. Dies führte ihn nach der High School an die renommierte United States Naval Academy in Annapolis, Maryland, die er im Februar 1998 mit Auszeichnung abschloss.

Das ROV, Remotely Operated Vehicle, war der Roboter des Schiffes, um Unterwasserkabel zu reparieren. Das ROV der *Destiny* konnte in Tiefen von bis zu 2000 Metern und einer Leistung von 120 PS agieren und war etwa fünf Meter lang und zwei Meter breit.

»Startklar, Captain.«

Brittany Bagnall war die Spezialistin für die Bedienung des ROV auf der *Destiny*. Mit ihren grünen Augen und kupferfarbenen Haaren, die zu einem Pferdeschwanz zusammengebunden waren, den Sommersprossen auf ihren Wangen und einer leicht nach oben gerichteten Nase war ihr Aussehen beeindruckend.

»Schauen wir mal was da unten los ist.«

»Mit Vergnügen, Captain.«

Mit einer Reihe von leichten, gekonnten Bewegungen öffnete Brittany den Schacht am Bauch der *Destiny*. Mit dem Joystick manövrierte sie den Stahlkran, an dem das ROV hing, und legte das Unterwasserfahrzeug sanft in die Mitte des Schachtes.

Brittany startete durch schnelles Tippen auf ihrer Tastatur das Antriebssystem des ROV. Ein paar Minuten später begann das farbenfrohe, goldgelb und Pompeji-rote Fahrzeug seinen Abstieg und wickelte das Versorgungskabel hinter sich ab, das es mit der *Destiny* verbunden hielt.

»Tiefe 10 Fuß... 20... 30... Licht an.«

Das ROV setzte seinen vertikalen Abstieg bis zum Meeresgrund fort.

»100 Fuß... 150... 200...«

Jenseits der Scheinwerfer des Unterwasserfahrzeugs

war das Meer schwarz wie Tinte. Ein paar Fische, neugieriger oder vielleicht hungriger als die anderen, traten in den Lichtstrahl des ROV ein, näherten sich dem Rumpf und glitten dann wieder in die Dunkelheit zurück.

»1000 Fuß... 1200... Bremsanlage aktiviert... 1300 Fuß... 1325... 1350... 1375... Sichtkontakt zum Meeresboden... 1385 Fuß... 1390... Das ROV hat sich in einer Tiefe von 1393 Fuß stabilisiert, der Meeresboden befindet sich fünf Fuß unter dem Fahrzeug«, sagte Brittany.

»Die Kabel sind 33 Fuß rechts vom ROV«, sagte Javier mit Blick auf den Monitor vor ihm. »Es gibt keine Hindernisse zwischen dem ROV und den Kabeln, der Boden ist flach und sandig.«

»Verstanden. Bewege das ROV zum Ziel.«

Das ROV drehte sich um 90 Grad im Uhrzeigersinn, bevor es sich parallel zum Meeresboden in Richtung der Unterseekabel bewegte.

Jordan beobachtete aufmerksam die Bilder des Meeresbodens, die von den Kameras des ROV aufgenommen und in Echtzeit auf den großen 100-Zoll-Monitor übertragen wurden, der an einer der Wände des Operationsraums angebracht war. Der Meeresboden war eine eintönige Fläche aus grauem Sand, anscheinend leblos. Plötzlich erregte eine Lichtreflektion ganz links in dem vom ROV beleuchteten Bereich seine Aufmerksamkeit.

»Halt! Stopp das ROV!«

»ROV ist gestoppt, Captain.«

»Brittany, dreh mal das ROV um 90 Grad gegen den Uhrzeigersinn.«

Das ROV drehte sich um 90 Grad. Seine Lichter beleuchteten ein Metallobjekt, das nicht mehr als einen

Meter von der Stelle entfernt aus dem Sand ragte, an der das Erdbeben am Vortag den Meeresboden angehoben hatte.

»Etwas näher«, befahl Jordan und zeigte auf den Metallgegenstand auf dem großen Monitor an der Wand.

»Jawohl, Captain.« Augenblicke später schwebte das ROV ein paar Fuß über dem Gegenstand. Das Objekt war gewölbt und ähnelte in Form und Größe einem LKW-Reifen. Weniger als ein Viertel seines vollen Umfangs tauchte aus dem sandigen Mantel auf, der den Meeresboden bedeckte.

»Starte die Pumpe, um den Sand zu entfernen. Sanft. Das kann ein archäologischer Schatz oder ein Blindgänger sein.«

Auf dem Grund des Mittelmeers liegen noch heute Tausende von Blindgängern, die während des Zweiten Weltkriegs von alliierten Flugzeugen abgeworfen worden waren. In der Tiefe befinden sich enorme Mengen Waffen und Munition, die nach dem Krieg ins Meer geworfen worden waren, um versehentliche Explosionen oder kriminelle Verwendung zu verhindern.

Brittany betätigte einen weiteren Joystick, und ein Metallrohr, ähnlich einem gewöhnlichen Haushaltsstaubsauger, rückte näher an das Objekt heran. Es begann, den Sand mit der gleichen Sanftheit zu saugen, wie eine Krankenschwester ein Neugeborenes anzieht.

Zentimeter für Zentimeter entfernte die Pumpe des ROV den Sand und befreite das Metallobjekt von seinem jahrtausendelangen Grab.

Ohne den Blick vom Monitor vor ihr abzuwenden manövrierte Brittany die Pumpe mit äußerster Präzision und Effizienz. Nach etwa 15 Minuten erschien auf dem großen Wandmonitor im Operationsraum ein Metallring von etwa 1,5 Metern Durchmesser.

Kostas „Pan“ Panagiotis, Erster Offizier der *Destiny*, trat näher an den Monitor, um besser sehen zu können.

Panagiotis, geboren auf Kreta, war vor fünf Jahren in die Vereinigten Staaten gezogen, um seine große Liebe Lara Mellini zu heiraten. Er hatte das italienisch-amerikanische Mädchen während der sechs Monate, die Kostas im Rahmen eines Erasmus-Programms[2] in der italienischen Hauptstadt verbrachte, in Rom kennengelernt.

Kostas und Lara hatten in derselben Wohnung gewohnt, die sie mit zwei anderen Studenten teilten. Tag für Tag wuchs die Beziehung zwischen Kostas und Lara zu Freundschaft, aus Freundschaft zu Liebe, und nach ihrer 18-monatigen Verlobung schworen sich die beiden ewige Liebe vor Gott in der St. Patrick's Kirche in Colona, Illinois.

»Brittany, könntest du diesen Bereich vergrößern?«

Panagiotis zeigte auf dem Monitor auf einen ganz bestimmten Teil des Rings.

»Klar doch, Pan!«

Die Kamera des ROV vergrößerte den von Panagiotis angezeigten Bereich, und eine Abfolge von fünf Symbolen nahm die gesamte Wand des Operationsraums ein. Obwohl durch die vielen Jahrhunderte auf dem Meeresgrund korrodiert, war jedes der Symbole, etwa 5 mal 5 Zentimeter groß, immer noch zu erkennen.

Panagiotis ging noch näher an den Monitor heran und berührte ihn beinahe mit der Nase. Er bedeckte seinen Mund mit der rechten Hand und schüttelte leicht den Kopf,

---

[2] Das Erasmus-Programm (*EuRopean Community Action Scheme for the Mobility of University Students*) ist ein 1987 ins Leben gerufenes Studentenaustauschprogramm der Europäischen Union.

als könnte er seinen Augen nicht trauen.

»Nicht zu fassen!« sagte er nach ein paar Augenblicken.

»Erkennst du diese Symbole?« fragte Jordan mit einem Unterton des Erstaunens in der Stimme, den Blick auf Panagiotis gerichtet.

»Diese Symbole befinden sich auf dem Diskos von Phaistos«, antwortete Panagiotis, ohne den Blick vom Monitor abzuwenden.

Teil Zwei:
DER DISKOS VON PHAISTOS

Il significato dei simboli [del Disco di Festo] non è mai stato inteso in un modo che sia accettabile per gli archeologi ufficiali o per gli studenti di lingue antiche.[3]

Pietro Panetta, *I Veicoli Volanti dell'Antichità* (p. 60)[4]

---

[3] *Die Bedeutung der Symbole [des Diskos von Phaistos] wurde nie in einer Weise interpretiert, die für offizielle Archäologen oder Studenten der alten Sprachen anerkannt worden ist.*

[4] *Die fliegenden Fahrzeuge der Antike (Seite 60).*

2

Rom, Via Barberini
10. März 2022, 9:12 Uhr

Guido Lionhill hatte den größten Teil seines Lebens mit dem Studium der klassischen griechisch-römischen Welt verbracht. Er nahm in den frühen siebziger Jahren auf mehr als einem Dutzend archäologischer Expeditionen teil. Dabei hatte er unzählige wertvolle Funde von einem Dutzend verschiedener archäologischer Stätten ans Licht gebracht, von Knossos in Griechenland bis Leptis Magna in Libyen, von Tarragona in Spanien bis Augusta Raurica in der Schweiz.

Der ehemalige Pilot von Segel- und kleinen Reiseflugzeugen war seit einem unglücklichen Unfall an Bord eines Segelflugzeugs querschnittsgelähmt, bei dem zwei Wirbel gebrochen waren. Seit seinem 41. Lebensjahr saß Lionhill im Rollstuhl und wollte nie wieder in ein Flugzeug steigen.

Da Lionhill nicht weiter als Feldarchäologe arbeiten konnte wandte er sich dem Unterrichten zu. Lionhill war über 30 Jahre lang Professor für griechisch-römische Archäologie an der Universität *La Sapienza*[5] in Rom und sprach fließend sieben Sprachen, darunter Latein, Alt- und Neugriechisch.

Als Sohn eines U.S. Diplomaten und einer Lehrerin für

---

[5] Die Universität wurde 1303 n. Chr. gegründet und ist eine der ältesten der Geschichte und mit über 100.000 Studenten eine der größten Universitäten der Welt.

römische Literatur wurde Lionhill in Rom im zentralen Rione Monti in der Via Panisperna geboren. Aus Spaß nannte er seine Straße gerne Via *Paneprosciutto*[6], obwohl er sich der unklaren Herkunft des Namens bewusst war.

Trotz der körperlichen Behinderung, mit der er seit fast vierzig Jahren lebte, hatte Lionhill ein außergewöhnliches Gedächtnis und eine lebhafte logisch-mathematische Intelligenz.

Mit seinem dichten, weißen Haar und den leuchtend kobaltblauen Augen, die sicherlich von der britischen Linie der Familie seines Vaters vererbt wurden, war Lionhill 78 Jahre alt, sah aber mindestens ein Dutzend Jahre jünger aus.

Links auf dem Rücksitz eines schwarzen 2019er Buick Regal sitzend, den Unterarm gegen die Tür gelehnt und das Kinn in die Hand gestützt, blickte Lionhill abwesend auf die Fenster der Banca Nazionale del Lavoro[7]. Das Auto, gefahren von einem stämmigen Afroamerikaner um die 30, raste die Via Barberini hinauf. Die Federung des Autos wurde auf der alten, holprigen, kopfsteingepflasterten Straße auf die Probe gestellt.

Tausend Gedanken gingen ihm durch den Kopf seit dem Anruf von Lara Mellini vom Vorabend, einer ehemaligen Studentin und jetzt einer brillanten Archäologin. Es war nur ein kurzer Anruf, nicht länger als ein paar Minuten. Doch Lionhill schlief in dieser Nacht nicht, überwältigt von einem explosiven Cocktail aus Aufregung, Erwartung und vielleicht sogar ein bisschen

---

[6] *Panis* und *Perna* bedeuten auf Latein *Brot* und *Schinken* (*pane* und *prosciutto* auf Italienisch). Eine andere Hypothese verbindet den Namen der Straße mit dem römischen Präfekten Petronius Perpenna Magnus Quadratianus.

[7] Italienische Bank mit Hauptsitz in Rom.

Angst. Er verbrachte die ganze Nacht an seinem Eichenholzschreibtisch mit eingeschalteter Tischlampe und las immer wieder alte Artikel und seltene Tagebücher, die er in seiner Wohnung in der Via Genova eifersüchtig hütete, demselben Viertel in Rom, in dem er geboren worden war. Was Lara ihm am Abend zuvor erzählt hatte, schien eine Theorie zu bestätigen, die er vor dreißig Jahre nach monatelanger Recherche entwickelt hatte. Noch ein paar Minuten und er würde endlich herausfinden, ob seine These stimmte oder nur ein Hirngespinst war.

In dem Telefonat hatte Lara ihm mitgeteilt, dass ein Fahrer ihn um 9:00 Uhr abholen und zur U.S. Botschaft in der Via Vittorio Veneto bringen würde. Seine Ungeduld ließ ihn mehr als 15 Minuten zu früh nach unten gehen. Während er auf der Straße wartete und alle 30 Sekunden auf seine blaue S. Oliver Uhr blickte, unterhielt sich Lionhill mit Alvaro, dem Türsteher des Gebäudes, in dem er seit 1972 lebte.

Alvaro, ein kleiner, stämmiger 63-jähriger war ein leidenschaftlicher Anhänger der *Società Sportiva Lazio*[8]. Obwohl Lionhill kein Fußballfan war, verpasste er nie die Gelegenheit, Alvaro zu necken. Am Tag zuvor hatte Lazio bei einem Heimspiel eine demütigende Niederlage gegen eine bescheidene rumänische Mannschaft erlitten, und Lionhill konnte nicht widerstehen, Alvaro aufzuziehen.

»Hat Lazio gestern gewonnen, *Alva'*? Ich habe die Morgennachrichten noch nicht gesehen...«

Alvaro grunzte leise und putzte weiter das Foyer mit seinem Vileda Wischmop, wobei er so tat, als hätte er die Frage nicht gehört.

Lionhill grinste, beschloss aber, es sein zu lassen.

Punkt neun Uhr fuhr ein schwarzer Buick die Via

[8] Eine der beiden Haupt-Fußball Mannschaften von Rom.

Palermo hinauf und hielt an der Kreuzung zur Via Genova. Brian, der Fahrer, stieg aus, half Lionhill auf den Rücksitz und verstaute den Rollstuhl im Kofferraum. Dann machte er sich auf den Weg entlang der Via Palermo, vorbei an der nordwestlichen Seite des monumentalen Palazzo del Viminale, der von dem Architekten Manfredo Manfredi aus Piacenza entworfen worden war. Bis 1961 war es Sitz des Ministerratpräsidiums und später des Innenministeriums.

Brian bog rechts in die Via Depretis ein, nahm dann die Via del Viminale vorbei an dem imposanten Gebäude des Teatro dell'Opera di Roma[9] auf der linken Seite. Laut den Plakaten am Eingang sollte in wenigen Tagen Puccinis *Turandot* aufgeführt werden. Dann bog er links in die Via Torino ein. Ein paar Kurven auf der Via XX Settembre und der Salita di San Nicola da Tolentino später erreichten sie die Via Barberini.

Der Schlafentzug der letzten Nacht holte Lionhill nun ein, und seine Augen begannen zu brennen. Zum Glück hatte er noch zu Hause einen doppelten Espresso getrunken, bevor er losging. Die Liebe zu gutem Kaffee hatte er von seiner römischen Mutter geerbt. Obwohl er sowohl durch genetische Vererbung als auch durch Staatsbürgerschaft Halbamerikaner war, hatte Lionhill sich geweigert, auch nur einen einzigen Schluck von einer dieser superheißen, bräunlichen Flüssigkeiten zu trinken, die seine Landsleute auf der anderen Seite des Atlantiks „Kaffee" nannten.

Der Buick bog in die Via Bissolati ein, fuhr weiter in die Via Vittorio Veneto und bog dann in die Via Boncompagni ein. Etwa 100 Meter die Straße hinunter hielt der Wagen an der Ecke der Via Lucullo, vor dem

---

[9] *Oper von Rom.*

imposanten grauen Tor der Botschaft der Vereinigten Staaten. Ein Marine kam aus dem Wachhäuschen und näherte sich dem Buick. Er begrüßte Brian, der seine Marke zeigte, wandte sich dann an Lionhill und sagte: »Ihren Ausweis, bitte.«

Lionhill griff in die rechte Innentasche seiner Jacke und holte seinen amerikanischen Reisepass hervor. Als Staatsbürger Italiens und der Vereinigten Staaten hatte er sich an diesem Morgen für seinen amerikanischen Pass entschieden um die Zugangsverfahren zur Botschaft zu beschleunigen – zumindest erhoffte er sich das.

Der Soldat lächelte, als er den vertrauten blauen Pass mit dem amerikanischen Adler sah. Er vergewisserte sich, dass der Mann auf dem Passfoto auch der im Auto war, und gab Lionhill den Pass mit einer Verbeugung zurück. Dann aktivierte er den Toröffnungsmechanismus und senkte die fünf Straßenpoller hinter dem Tor ab. Ein paar Sekunden später ließ Brian den Motor des Autos wieder an, fuhr durch das Tor und parkte den Buick nach ungefähr 30 Metern vor einem L-förmigen zweistöckigen Gebäude.

Brian holte den Rollstuhl aus dem Kofferraum und half Lionhill hinein. In diesem Moment kam Lara Mellini zusammen mit einem Mann in Uniform aus dem L-förmigen Gebäude. Dem goldenen Eichenlaub auf der blauen Uniform des Mannes nach zu urteilen, vermutete Lionhill, dass es sich um einen Major des Marine Corps handelte.

Der Mann mit geschorenem Haar, türkisblauen Augen, blassem Teint und 185 Zentimeter puren Muskeln streckte seine Hand aus und stellte sich als Major Mitch Young vor. Lionhill lächelte vor sich hin und war stolz, den Offiziersrang richtig erkannt zu haben.

»Schön, Sie kennenzulernen, Professor Lionhill. Wir

haben Sie schon erwartet.«

»Die Freude ist meinerseits«, entgegnete Lionhill.

Young schüttelte Lionhill kräftig die Hand – *als würde man eine Kartoffel durch eine Kartoffelpresse drücken*, dachte Lionhill, während er seine nun schmerzende Hand massierte. Lara näherte sich und umarmte ihn freudig.

»Danke fürs Kommen, Guido! Ich bin so froh dich zu sehen!«

Nach ihrer Promotion unter Lionhills Anleitung hatte Lara fast drei Jahre lang als Forscherin mit ihm zusammengearbeitet. Während dieser Zeit hatte sich zwischen beiden eine aufrichtige Freundschaft entwickelt, die sie auf Vornamenbasis brachte. Lara kam mindestens ein- oder zweimal im Jahr nach Rom, da sowohl ihre Eltern als auch ihr verheirateter Bruder Luigi hier lebten, und eine Pizza mit Lionhill in der *Antica Pizzeria Est Est Est* in der Via Genova zu einem festen Ritual geworden war.

»Gehen wir nach oben«, sagte Major Young, öffnete die Tür und lud Lara und Lionhill ein, das Gebäude zu betreten. Brian stand neben dem Buick, lehnte sich gegen das Auto und zündete sich eine Zigarette an.

***

Das Innere des Gebäudes war recht einfach. Über die gesamte Längsseite des L erstreckte sich ein weißer Flur. Zu beiden Seiten öffneten sich mehrere Türen, alle weiß. Große Schwarz-Weiß-Fotos von amerikanischen Städten hingen im Abstand von fünf oder sechs Metern an den Wänden. Auf dem einen erkannte Lionhill die einzigartige Skyline von Manhattan, auf einem anderen die kurvenreiche Lombard Street in San Francisco und auf einem anderen die Magnificent Mile in Chicago. LED-Leuchten an der Decke erhellten den Flur. Der hellgrüne Linoleumboden erweckte eher den Eindruck eines Krankenhauses als den einer Botschaft.

Young führte sie zu einem modernen Metallaufzug mit einer maximalen Kapazität von fünf Personen. Als sie ihn betreten hatten drückte er die Taste mit der Nummer 2.

Lionhill konnte sich ein Lächeln nicht verkneifen. Sogar mehr als 6.000 Kilometer von den Vereinigten Staaten entfernt nummerierten Botschaftsbeamte die Stockwerke gemäß den Angaben der USA, wobei das Erdgeschoss dem ersten Geschoss entsprach.

Nachdem sie den Aufzug verlassen hatten, führte Young sie zu einer geschlossenen Tür. Rechts davon stand auf einer kleinen Plastiktafel an der Wand „MEETING ROOM“, direkt unter der Nummer 26.

Young öffnete die Tür und ließ sie herein. Zwei Soldaten, ein Mann und eine Frau, sprangen sofort auf.

Die Frau stellte sich als Leutnant Alexia McDougall vom United States Marine Corps vor. Sie war etwa 160 Zentimeter groß, hatte trotz ihres schottischen Namens schwarze Haare, dunkle Augen und eindeutig asiatische Gesichtszüge.

Der etwa 175 Zentimeter große Mann mit sehr kurzen braunen Haaren und leicht dunkler Hautfarbe war Sergeant Luciano Fernández.

Nach weiterem Händeschütteln – *Gott sei Dank war keiner von ihnen so energisch wie der von Major Young*, dachte Lionhill erleichtert –, forderte Young die anderen auf, sich um den großen Mahagonitisch in der Mitte des Raums zu setzen.

McDougall nahm eine schwarze Fernbedienung vom Tisch und schaltete einen an der Decke befestigten

Projektor ein. Das Licht im Raum wurde automatisch gedimmt und ein großer Bildschirm, etwa zwei mal zwei Meter, glitt an der Wand gegenüber der Eingangstür mit einem leichten Summen herunter. Nachdem er seine endgültige Position erreicht hatte, stoppte der Bildschirm und das Bild eines großen Metallrings erschien.

»Ich glaube, Dr. Mellini hat es Ihnen bereits am Telefon gesagt – was Sie auf diesem Bild sehen ist das Objekt, das gestern Morgen vom ozeanografischen Schiff *Destiny* in der Ägäis gefunden wurde, etwa zwei Kilometer südwestlich der Insel Thira«, sagte McDougall und sah Lionhill direkt in die Augen.

»Es ist ein Metallobjekt in Torusform mit einem Durchmesser von etwa 63 Zoll, das sind 160 Zentimeter. Wie Sie sehen können, hat das lange Untertauchen im Wasser die äußere Oberfläche ernsthaft beschädigt.«

»Können wir schätzen, wie alt es ist?« fragte Lionhill.

»Ja. Der radiometrische Thermolumineszenztest ergab ein Alter von etwa 35-36 Jahrhunderten. Wir fanden auch Spuren von pyroklastischem Material auf seiner Oberfläche. Das stützt die Hypothese, dass das Schiff, das es transportierte, während der Thira-Eruption Mitte des zweiten Jahrtausends vor Christus gesunken sein könnte.«

»Die sogenannte minoische Eruption«, sagte Lionhill. »Den meisten Gelehrten zufolge fand sie zwischen 1627 und 1600 vor Christus statt, mit ihrem Epizentrum auf der Insel Strongili, heute besser bekannt als Thira oder Santorini. Wissenschaftler schätzen das Volumen des vom Vulkan ausgestoßenen pyroklastischen Materials auf mindestens 60 Kubikkilometer, was mehr oder weniger dem Volumen des Mount Everest entspricht. Der Ausbruch war ein kolossales Ereignis und bewirkte höchstwahrscheinlich das Ende der minoischen

Zivilisation. Tsunamis von über 30 Metern Höhe verwüsteten die Nordküste Kretas, damals als Caphtor oder Kaptara bekannt, wie aus alten syrischen Texten aus dem 18. Jahrhundert vor Christus hervorgeht.«

»Derselbe Ausbruch, auf den sich Platon in seinen Dialogen *Timaeus* und *Kritias* bezog, die den Mythos von Atlantis begründeten«, fügte Lara hinzu.

»Richtig Lara! Obwohl die meisten Menschen Atlantis nur für einen Mythos halten, den Platon für seine Beschimpfungen gegen die Korruption und die Gier der Menschen benutzte, ist die minoische Eruption eine dokumentierte historische Tatsache.«

»Ähm«, McDougall räusperte sich, um ihre Aufmerksamkeit zu erregen. »Darf ich fortfahren?«

»Es tut mir leid«, antwortete Lionhill und blickte beschämt nach unten.

»Wie schon erwähnt«, fuhr McDougall fort, »wurde die äußere Oberfläche des Objekts stark beschädigt. Die gute Nachricht ist, dass das, was Sie auf dem Bildschirm sehen, nur eine Schutzhülle ist. Die interessantere Entdeckung haben wir im Inneren gefunden.«

McDougall drückte einen Knopf auf der Fernbedienung, und ein zweites Foto erschien auf dem Bildschirm. Lionhill beugte sich vor, seine Hände umklammerten die Kante des großen Mahagonitisches, seine Augen fixierten den großen Metallring auf dem Bildschirm.

»Sein Zustand... ist... erstaunlich«, stammelte Lionhill ungläubig.

»Ja, die äußere Hülle ist über einen Zentimeter dick und hat dazu beigetragen, den Ring vor Korrosion zu schützen. Wenn man bedenkt, wie lange er unter Wasser war, ist der Ring in einem ausgezeichneten Zustand.«

»In der Tat eine außergewöhnliche Entdeckung«, sagte Lionhill, ohne den Blick vom Bildschirm abzuwenden.

»Ich gehe davon aus, dass Dr. Mellini Ihnen bereits von den Symbolen erzählt hat, die auf der Außenhülle eingraviert sind«, fuhr McDougall fort und drückte einen weiteren Knopf auf der Fernbedienung. Eine Vergrößerung eines Teils der Außenhülle wurde auf die Leinwand projiziert, derselbe Teil, der am Tag zuvor die Aufmerksamkeit von Kostas Panagiotis auf sich gezogen hatte.

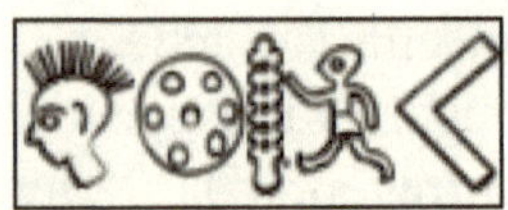

»Wie Sie wissen, Professor, sind diese fünf Symbole das erste „Wort" – wenn wir es ein Wort nennen können – auf Seite A des Diskos von Phaistos.«

Der Diskos von Phaistos wurde 1908 von dem italienischen Archäologen Luigi Pernier in einem minoischen Palast in Phaistos auf der Insel Kreta gefunden und befindet sich heute im Archäologischen Museum von Heraklion. Eine etwas mehr als 1,5 Zentimeter dicke Terrakotta-Scheibe mit einem Durchmesser von etwa 15 Zentimetern, die auf das zweite Jahrtausend vor Christus zurückgeht. Auf beiden Seiten der Scheibe sind je eine Symbolspirale graviert, insgesamt 242 Symbole, die 61 „Wörter" bilden, 31 auf Seite A und 30 auf Seite B.

»1992«, fuhr McDougall fort, »veröffentlichten Sie einen Artikel in der *Mediterranean Archaeology*, in dem Sie eine ziemlich… wie soll ich sagen, Professor… eine *kühne* These aufstellten.«

McDougall hielt inne. Dann holte sie eine blaue Mappe aus einer schwarzen ledernen Aktentasche und legte ein

Bündel Blätter in die Mitte des großen Mahagonitisches.

»Hier ist Ihr Artikel, Professor Lionhill. Könnten Sie bitte Ihre These für uns zusammenfassen?«

Lionhill schwieg einige Augenblicke, seine Augen ruhten kurz auf den beiden Männer und Frauen, die um den Tisch herum saßen. Bis auf das leise Summen der Klimaanlage herrschte im Raum absolute Stille voller Erwartung.

»Meine These«, sagte Lionhill schließlich, »ist, dass der Ring ein Portal ist und der Diskos von Phaistos das Passwort, um es zu aktivieren.«

3

Rom, Villa Borghese
10. März 2022, 9:47 Uhr

Ein weißer Fiat Ducato bog in die Viale Fiorello La Guardia ein, ließ den Äskulapbrunnen aus dem 19. Jahrhundert hinter sich und fuhr den Pincio-Hügel hinauf, vorbei am malerischen See der Villa Borghese und dem Silvano Toti Globe Theatre, einer originalgetreuen Nachbildung des gleichnamigen Shakespeare-Freilichttheaters. Der Lieferwagen erreichte die Piazzale delle Canestre, fuhr dann die Viale San Paolo del Brasile entlang, vorbei an dem Galoppatoio auf der rechten Seite und fuhr schließlich in die Via Vittorio Veneto ein, die durch einen der Bögen der Porta Pinciana führte.

Ein Symbol des römischen *Dolce Vita*[10] zwischen den 1950er und 1960er Jahren, und berühmt geworden durch Federico Fellinis Film, wurde die Via Veneto 1919 in Via Vittorio Veneto umbenannt, um den italienischen Sieg gegen die österreich-ungarischen Truppen in der Schlacht von Vittorio Veneto 1918 zu feiern.

Der Ducato fuhr rechts an Harry's Bar vorbei, einem der vielen trendigen Cafés aus der Zeit des *Dolce Vita*. Er erreichte das Westin Excelsior Hotel, bog dann links ab und fuhr ein paar hundert Meter die Straße hinunter. Der Lieferwagen, jetzt auf der Via Boncompagni und nur wenige Meter vor der Kreuzung Via Lucullo, hielt vor einem grauen schmiedeeisernen Tor.

---

[10] *Süßes Leben.*

Der Mann hinter dem Steuer öffnete sein elektrisches Fenster und gab dem am Tor stationierten Marine seinen Ausweis sowie den seines Sitznachbarn.

Augenblicke später gab der Marine mit einem Nicken die Dokumente an den Fahrer zurück und gab kurze Anweisungen, wo er parken, seine Fracht entladen und abliefern sollte.

Max Watney saß auf dem Beifahrersitz, mit kurz geschnittenem Haar, das so blond war, dass es fast weiß aussah, einem kurzen Spitzbart, der seine maskuline Kinnpartie hervorhob, und blauen Augen hinter einer Ray-Ban-Fliegerbrille. Er zog sein iPhone 11 aus der Innentasche seines dunkelblauen Blazers und wählte eine der Nummern im Telefonbuch. Noch vor dem zweiten Klingeln meldete sich ein Mann.

»Wir sind drin«, sagte Watney und beendete das Gespräch, ohne auf eine Antwort zu warten.

Der Lieferwagen parkte neben einem schwarzen Buick. Die beiden Männer stiegen aus, öffneten die beiden hinteren Türen des Fahrzeugs und zogen eine etwa 80 mal 60 Zentimeter große graue Metallkiste heraus. Mit Hilfe eines zweirädrigen Wagens trugen sie die Kiste zum Eingang des zweistöckigen Gebäudes vor ihnen.

***

»Der NASA[11]-Ingenieur ist hier«, sagte Botschafter Harlan und steckte sein Smartphone in die Gesäßtasche der schmal geschnittenen Baumwollhose seines anthrazitfarbenen Armani-Anzugs.

---

[11] *National Aeronautics and Space Administration*, die U.S. Weltraumbehörde.

Ein Mann mittleren Alters, der in dem blauen Samtsessel zu seiner Linken saß, nickte.

»Pünktlich, sehr gut«, sagte er. »Stellen Sie sicher, dass der Rover so schnell wie möglich zusammengebaut und einsatzbereit ist, wenn der Professor die richtige Reihenfolge gefunden hat.«

»Wird gemacht, Mr. Morlock. Überlassen Sie das mir«, sagte Harlan, verließ den Raum und schloss die Tür hinter sich.

4

Rom, U.S. Botschaft
10. März 2022, 9:58 Uhr

Lionhill manövrierte seinen Rollstuhl gekonnt und verließ den großen Mahagonitisch, um sich dem Bildschirm zu nähern. Er zog einen Laserpointer aus der linken Jackentasche und richtete ihn auf das erste der fünf Symbole.

»Der sogenannte KOPF MIT FEDERSCHMUCK ist das häufigste Symbol auf dem Diskos von Phaistos. Auf beiden Seiten A und B erscheint es 19 Mal und immer am Anfang eines Wortes, wenn wir davon ausgehen, dass die Symbole im Uhrzeigersinn von der Außenseite der Spirale nach innen zu lesen sind. In meinem Artikel von 1992 schlug ich vor, dass der Federkopf tatsächlich ein gekrönter Kopf sein könnte, ein Symbol, das einen König darstellt.«

McDougall und Young tauschten einen schnellen Blick, gefolgt von einem leichten zustimmenden Nicken. Lionhill runzelte verwirrt die Stirn und fuhr dann fort.

»Das zweite Symbol, der sogenannte SCHILD, taucht 17 Mal auf dem Diskos auf, 12 Mal davon unmittelbar nach dem KOPF MIT FEDERSCHMUCK. Ich denke, der SCHILD ist nichts anderes als der Diskos selbst. Die Tatsache, dass der Federkopf in den meisten Fällen unmittelbar vor dem SCHILD steht, könnte bedeuten, dass die Verwendung des Diskos normalerweise dem König vorbehalten war.«

»Das dritte Symbol«, fuhr Lionhill fort und richtete den

Laser auf das zentrale Symbol in der Sequenz, »ist als KEULE bekannt. Es könnte aber auch eine von der Seite gesehene Tür darstellen. In Anbetracht dessen, was Sie gestern gefunden haben, könnte sich das Symbol auf den Metallring selbst beziehen.«

»Das vierte Symbol ist der FUSSGÄNGER, das heißt ein Mann, der gerade geht oder marschiert. Der FUSSGÄNGER erscheint 11 Mal auf dem Diskos von Phaistos, auf beiden Seiten. In 5 Fällen, einschließlich dem, den Sie jetzt auf dem Bildschirm sehen, geht der FUSSGÄNGER zur KEULE. Mit anderen Worten, in Richtung dessen, was der Ring sein könnte.«

»Das fünfte und letzte Symbol, bekannt als BUMERANG, erscheint 12 Mal auf dem Diskos, und 2 Mal davon kommt es nach FUSSGÄNGER und KEULE. Meine Hypothese ist, dass der BUMERANG die extreme Schnelligkeit der Bewegung anzeigt.«

»Zusammenfassend könnte die Abfolge von Symbolen, die Sie auf dem Bildschirm sehen, bedeuten, dass der König mit dem Diskos von Phaistos in der Lage ist, sich extrem schnell durch den Ring zu bewegen.«

Lionhill machte eine kurze Pause und wartete auf Fragen.

»Reden Sie von *Teleportation*, Professor?« fragte Fernández nach ein paar Sekunden.

»Es ist eine Möglichkeit, ja«, sagte Lionhill zögernd.

Fernández sah dem Professor in die Augen, wandte sich dann zu McDougall und nickte ihr zu. Sie griff erneut nach der Fernbedienung und der Ring erschien auf dem Bildschirm, diesmal von der Seite gesehen.

»Was Sie sehen«, sagte McDougall, »ist die linke Seite des Rings in seiner Gesamtheit. Wie Sie sehen, hat der Ring in regelmäßigen Abständen von etwa 45 Zentimetern

Kerben von etwa 7 mal 7 Zentimetern.«

»Die Einkerbungen auf dem KEULE-Symbol...« kommentierte Lionhill.

»Das ist richtig. Insgesamt gibt es neun Kerben entlang des Rings, und jede von ihnen beherbergt einen Metallwürfel mit einer Seitenlänge von 5 Zentimetern. Jeder Würfel dreht sich um einen Drehpunkt, der koaxial zur Außenlinie des Rings ist.«

Mit weit geöffneten Augen und dem ungläubigen und ekstatischen Gesichtsausdruck eines Kindes, das gerade an Heiligabend seine Geschenke unter dem Baum gesehen hat, konnte Lionhill seine Augen nicht vom Bildschirm abwenden.

»Jeder der neun Würfel«, fuhr McDougall fort, »hat Symbole, die auf vier der sechs Seiten eingraviert sind, ein Symbol auf jeder Seite. Die beiden vom Zapfen durchbohrten Flächen sind nicht graviert.«

»Das ist das Passwort«, flüsterte Lionhill und spielte nervös mit dem Armband seiner S. Oliver Uhr.

»Ja, wir denken, dass die Würfel, wenn sie in die richtige Position gedreht werden, eine Folge von Symbolen bilden, die den Ring aktivieren.«

»Deshalb haben Sie mich also hierher gebracht«, schloss Lionhill. »Weil Sie hoffen, dass ich die richtige Reihenfolge bestimmen kann.«

»Das stimmt, Professor. Neun Würfel, vier Flächen pro Würfel. Die Zahl der möglichen Sequenzen beträgt vier hoch neun… mehr als 200.000. Zu viele, um sie einzeln manuell auszuprobieren. Ganz zu schweigen davon, dass der Ring auch über einen Selbstzerstörungsmechanismus verfügen könnte, falls eine falsche Reihenfolge eingegeben wird.«

McDougall hielt einen Moment inne. Dann blickte sie

Lionhill direkt in die Augen und fasste zusammen: »Sie, Professor, sind der Einzige, der die Symbole auf den Würfeln interpretieren und die richtige Reihenfolge finden kann.«

»Dafür bräuchte ich zumindest Fotos der Würfel und der Symbole von jedem einzelnen.«

»Oh, wenn das alles ist, Professor, Sie können es sich mit eigenen Augen ansehen«, sagte McDougall mit einem breiten Lächeln.

»Ist der Ring hier?« fragte Lionhill erstaunt.

»Wir kennen Ihre Abneigung gegen das Fliegen, Professor. Was ist der Spruch? *Wenn der Berg nicht zum Propheten kommt, muss der Prophet zum Berg gehen*, richtig? Der Ring ist unten. Ein UH-60 Black Hawk Hubschrauber der U.S. Air Force hat ihn heute Morgen von Santorini zum Ciampino Flughafen[12] geflogen.«

---

[12] Der zweitgrößte Flughafen in Rom.

5

Rom, U.S. Botschaft
10. März 2022, 10:11 Uhr

Die Aufzugstür öffnete sich mit einem akustischen Signal und einer monotonen Frauenstimme, die mechanisch den ersten Stock ankündigte.

Major Young verließ den Fahrstuhl und ging den Flur hinunter, gefolgt von Lionhill und Lara, die vorsichtig Lionhills Rollstuhl schob. McDougall und Fernández vervollständigten die Gruppe.

Young ging schnell zu einer der weißen Türen die vom Flur abgingen. Dort angekommen steckte er seinen Ausweis in das magnetische Lesegerät direkt unter dem Griff. Ein Licht leuchtete grün auf und ein metallisches Klicken signalisierte das Öffnen des Schlosses. Young drehte den Türknauf energisch im Uhrzeigersinn. Ein Soldat, der hinter einem Schreibtisch links von der Tür saß, nahm Haltung an, als Major Young den Raum betrat.

Young drehte sich um und sah Lionhill in die Augen. »Hier ist es, Professor«, sagte er und deutete mit seinem rechten Arm auf den dunklen Metallring, der an der weißen Wand gegenüber der Tür stand.

Lionhill bedeutete Lara anzuhalten. Er schwieg einige Augenblicke und betrachtete das uralte Artefakt, das vor ihnen stand.

Die Form war eher die eines riesigen Hufeisens als eines Rings, mit einer Öffnung von etwa einem halben Meter an der Basis.

Lionhill bat Lara, die Rollstuhlgriffe loszulassen. Mit

ein paar gekonnten Handgriffen am Joystick näherte er sich dem Ring und blieb nur wenige Zentimeter davor stehen.

Andächtig und voller Ehrfurcht berührte Lionhill sanft die Oberfläche des Rings mit seiner rechten Hand. Die schützende Hülle hatte ihn trotz vieler Jahrhunderte auf dem Meeresgrund in nahezu makellosem Zustand bewahrt. Abgesehen von den unvermeidlichen Zeichen der Zeit war die Oberfläche des Rings glatt. Lionhill runzelte die Stirn, verwirrt über das Fehlen von Korrosion.

Lionhill rollte auf die linke Seite des Rings und beugte sich vor, um die erste der neun Kerben im unteren Teil des Rings besser sehen zu können.

»Ich brauche eine Taschenlampe und einen Zahnarztspiegel«, bat er Major Young auf Italienisch.

»*March, get him a flashlight and a dental mirror*[13]«, befahl Major Young dem Soldaten auf Englisch, der aufgestanden war als sie den Raum betraten.

Der junge Mann, ein großer, sehr schlanker 20-Jähriger aus North Carolina mit rotem Kurzhaarschnitt, blassem, sommersprossigem Teint und blaugrauen Augen, nahm wieder Haltung an und verließ umgehend den Raum, um den Befehl auszuführen.

Eine erwartungsvolle Stille breitete sich im Raum aus, während das Geräusch von Marchs Stiefeln für einige Momente im Flur widerhallte bevor es verklang.

Ein paar Minuten später nahm das Geräusch von Schritten wieder zu und wurde stetig lauter, bis March mit einer Taschenlampe in der rechten und einem Zahnspiegel in der linken Hand auf der Schwelle erschien.

March nahm wieder Haltung an und rief – obwohl

---

[13] *March, besorgen Sie ihm eine Taschenlampe und einen Zahnarztspiegel.*

Major Young nicht mehr als einen Meter entfernt war – »*Sir, the flashlight, sir! Sir, the mirror, sir!*[14]«

Er reichte Major Young die beiden Gegenstände, ohne ihm in die Augen zu sehen.

Lionhill konnte sich ein Lächeln nicht verkneifen. Die Art und Weise, wie Private March auf Befehle reagierte, erinnerte ihn an Lance Corporal Dawson in *Eine Frage der Ehre*, einem Film mit Tom Cruise, Demi Moore und Jack Nicholson, den Lionhill liebte.

Young nahm die Taschenlampe und den Spiegel von March entgegen und übergab sie Lionhill.

»Hier sind sie, Professor.«

»Danke«, erwiderte Lionhill und nickte March dankend zu, der weiter auf die Wand vor ihm starrte. Nach einem kurzen Nicken von Major Young kehrte March zu seinem Schreibtisch zurück.

Lionhill bewegte sich zurück zur ersten der neun Kerben und betrachtete sorgfältig die nach außen gerichtete Fläche des Würfels.

»Das Symbol der LILIE«, sagte er. Dann steckte er den Spiegel in den etwa einen Zentimeter breiten Spalt zwischen Würfel und rechter Seite der Kerbe und richtete die Taschenlampe auf den Spalt.

Lionhill bewegte und drehte den Spiegel mehrmals in der Lücke, während er das auf der rechten Seite des Würfels gravierte Symbol sorgfältig studierte. »Der HANDSCHUH«, verkündete er schließlich nach etwa einer Minute.

Lionhill wandte sich an Lara, die etwa einen Meter hinter ihm stand, und sagte: »Lara, nimm bitte ein Blatt Papier und schreibe auf, welche Symbole auf welchem Würfel eingraviert sind. Ich möchte, dass du ein 9-mal-4-

---

[14] *Sir, die Taschenlampe, Sir! Sir, der Spiegel, Sir!*

Raster erstellst, mit den neun Würfeln als Reihen und den vier gravierten Flächen von jedem von ihnen als Säulen. Mal sehen, wie die Beziehung zwischen Symbolen, Flächen und Würfeln ist.«

»Betrachte das als erledigt, Guido!« antwortete Lara prompt. Dann wandte sie sich an Young und fragte: »Major, kann ich etwas Papier und ein paar Stifte haben?«

»*March, get them some letter-size sheets and a couple of pens!*[15]« bellte Young.

»*Yes, sir!*« rief March, nahm Haltung an und rannte auf der Suche nach Papier und Stiften aus dem Zimmer. Lionhill schüttelte leicht den Kopf, Lara lächelte.

Ein paar Minuten später kehrte March mit zwei Paper Mate-Stiften und einem Stapel Blätter im Letter-Format zurück, etwas kürzer, aber breiter als das in Europa übliche A4-Standardformat.

Lara schnappte sich ein Blatt Papier und einen Stift und bat March, aufzustehen und sie an seinem Schreibtisch sitzen zu lassen. March sah Major Young mit leerem Blick an und bat um Zustimmung. Als Young ihm zunickte, stand March auf und entfernte sich schnell von seinem Schreibtisch, um ihn Lara zu überlassen.

Lara machte es sich bequem, stellte den Sitz auf die passende Höhe ein, zeichnete dann ein Raster aus zehn horizontalen und fünf vertikalen Linien und schrieb LILIE und HANDSCHUH in die ersten beiden Kästchen der ersten Reihe.

»Okay, Guido. LILIE und HANDSCHUH. Konntest du schon herausfinden, was das dritte Symbol ist?«

Lionhill hatte mit schweißbedeckter Stirn einige Minuten mit Taschenlampe und Spiegel herumprobiert, um herauszufinden, welches Symbol auf der Rückseite des

---

[15] *March, besorgen Sie ihnen ein paar Bögen Briefpapier und Stifte!*

ersten Würfels eingraviert war.

»Das GEWELLTE BÜNDEL«, antwortete er wenige Augenblicke später und wischte sich mit dem rechten Handrücken über die Stirn.

»Das GEWELLTE BÜNDEL«, wiederholte Lara und schrieb die beiden Wörter in das dritte Kästchen in der ersten Reihe. »Wir haben 3 Symbole, nur noch 33 übrig«, sagte sie mit einem Lächeln.

»Ich lasse Sie jetzt allein«, sagte Major Young. »March ist für Sie da falls Sie etwas brauchen. Rufen Sie mich sofort an, wenn Sie die Sequenz finden.«

Young verließ den Raum, gefolgt von Fernández und McDougall.

»Der GEFANGENE«, verkündete Lionhill wenige Augenblicke später, nachdem er das vierte Symbol studiert hatte, das auf der linken Seite des ersten Würfels eingraviert war.

»Der GEFANGENE«, wiederholte Lara. »Hast du den Schwarzen Mond[16] schon gefunden?« fragte sie Lionhill.

»Entschuldigung?« fragte er, runzelte die Stirn und drehte sich zu Lara um.

»Es war ein Witz, egal«, antwortete Lara lächelnd.

Lionhill hatte bereits begonnen, den zweiten Würfel zu studieren.

---

[16] Dies bezieht sich auf die Unglückskarte (der Schwarze Mond) der Fernsehsendung *La Zingara* (die Zigeunerin), die zwischen 1995 und 2002 auf dem italienischen Fernsehsender *Rai 1* ausgestrahlt wurde.

6

Rom, U.S. Botschaft
Privatbüro des Botschafters
10. März 2022, 10:43 Uhr

John Morlock, Leiter der CIA-Direktion für Wissenschaft und Technologie, blickte zerstreut aus dem Fenster im dritten Stock zu den Kunden des Hard Rock Cafe hinab, die sich an den Tischen im Freien drängten.

Das 1998 auf der gegenüberliegenden Seite der Via Veneto eröffnete Hard Rock Cafe of Rome, eines von etwa 200 ähnlichen Restaurants weltweit, war ein Magnet für Touristen und Römer. Die Kunden wurden von Gadgets und Souvenirs angezogen – wie dem berühmten weißen T-Shirt, das Marke und Stadt präsentierte – aber vor allem von der Sammlung von Erinnerungsstücken die Prominenten aus Musik und Unterhaltung gehörten.

Die Sonne stand hoch am blauen Himmel, und eine Handvoll weißer Wolken bewegte sich träge, vom leichten Westwind sanft angeschoben.

Morlock, 47 Jahre alt, hatte graumeliertes, mit einer übermäßigen Dosis Gel sorgfältig nach hinten gekämmtes Haar und trug eine randlose Brille mit photochromen Gläser, die seine kleinen, durchdringenden grauen Augen verdeckten. Er war wegen eines Geschäftstermins in London als er am späten Nachmittag des Vortags einen Anruf erhalten hatte, der ihn dazu brachte, das erste Flugzeug von Heathrow nach Rom zu besteigen.

Morlocks Flug landete um 20:53 Uhr am Flughafen Fiumicino. Ein Botschaftswagen erwartete ihn am

Ankunftsausgang. Um 21:37 Uhr hatte Morlock die amerikanische Botschaft erreicht, wo Major Young ihn sofort ausführlich über den bei der Insel Santorini gefundenen Ring und die möglichen Auswirkungen dieser Entdeckung informierte.

Ein Klopfen an der Tür kündigte die Ankunft von Young an.

»*Sir*, Professor Lionhill ist im Labor und untersucht den Ring«, sagte Young und wippte geräuschvoll mit den Fersen.

Ein großer Schreibtisch aus Eichenholz trennte ihn von Morlock, der mit auf dem Rücken verschränkten Händen am Fenster stand.

Ohne sich umzudrehen und immer noch aus dem Fenster auf die Menschen und den Autoverkehr auf der Via Veneto schauend bemerkte Morlock zu Young: »Sie setzen große Hoffnung in diesen Mann, Major.«

»Ich weiß, es war nicht einfach, die griechischen Behörden zu bereden, den Ring nach Rom bringen zu lassen, aber ich bin überzeugt, dass es das Richtige war. Professor Lionhill ist einer der weltweit führenden Experten für klassische Archäologie, und sein Artikel über den Diskos von Phaistos aus dem Jahr 1992 ist bisher der einzige, der eine Verbindung zwischen dem Diskos und einem Portal nahelegt. Wenn es jemanden gibt, der die Sequenz entschlüsseln kann, dann ist es Professor Lionhill.«

»Hat er Fragen zum Material des Rings gestellt?« fragte Morlock, drehte sich schließlich um und sah Young intensiv in die Augen.

»Nein, *sir*. Bisher keine Fragen. Ich glaube nicht, dass er erkannt hat, um welches Material es sich handelt.«

»Gut. Wir können also davon ausgehen, dass Professor

Lionhill noch nicht herausgefunden hat, um was für ein Portal es sich handeln könnte.«

»Nein. Ich glaube nicht, dass er das hat, *sir*.«

»Halten Sie mich auf dem Laufenden über alle Fortschritte, Major«, schloss Morlock und wandte sich wieder dem Fenster zu.

»Jawohl!« erwiderte Young, schlug die Hacken geräuschvoll zusammen und verließ den Raum.

7

Rom, U.S. Botschaft
Labor
10. März 2022, 17:23 Uhr

»Es muss doch ein Muster, eine gewisse Logik hinter der Positionierung dieser Symbole geben, *Santa Cleopatra!*[17]« platzte Lionhill frustriert heraus.

Sie hatten über eine Stunde damit verbracht, die Symbole auf den neun Würfeln zu entziffern. Das Erkennen von Symbolen auf den Seitenflächen und insbesondere auf der Rückseite der Würfel erforderte viel Geduld. Darüber hinaus mussten sie darauf achten, bei falscher Positionierung der Würfel eine versehentliche Aktivierung eines potenziellen Selbstzerstörungsmechanismus zu verhindern. Lara hatte Lionhill bei der Untersuchung der Würfel im oberen Teil des Rings unterstützt, die er aufgrund seiner Behinderung nicht erreichen konnte. Schließlich waren einige Minuten vor Mittag die 36 Symbole identifiziert und in das 9-mal-4-Raster übertragen worden.

»Wir haben uns über fünf Stunden den Kopf zerbrochen, aber wir haben immer noch nichts gefunden was Sinn ergibt«, sagte Lara enttäuscht.

»Nun, wenn Young nicht alle halbe Stunde anrufen würde, um den Fortschritt zu überprüfen, könnten wir uns vielleicht besser konzentrieren…«

In diesem Moment klingelte Marchs Telefon erneut,

---

[17] *Heilige Kleopatra!*

und die Melodie von Em Rossis *Earthquake*, die als Klingelton verwendet wurde, füllte den ganzen Raum.

»Schon wieder!« schnaubte Lionhill und raufte sich mit beiden Händen die Haare.

»Irgendein Fortschritt?« fragte March zum hundertsten Mal in den letzten Stunden.

»Bitten Sie Major Young uns zwei gute Espressi vom Café Doney zu besorgen.« Lionhill betonte bewusst das Wort „Espressi", um sicherzugehen, dass man nicht aus Versehen einen amerikanischen Kaffee brachte. »Meinen in einem Glas, lang, aber nicht zu viel, Macchiato mit kalter Milch, ein halber Teelöffel Zucker. Für die junge Dame Macchiato mit heißer Milch, ein Teelöffel brauner Zucker. Danke. Alles klar, *Lance Corporal Dawson*?«

»*Yes, sir!*« erwiderte March prompt und nahm Haltung an. »*But my name is March, sir! And I am not a Lance Corporal, sir!*[18]« fügte er schreiend hinzu.

»Ich weiß, *sir*!« antwortete Lionhill, während March den Raum verließ.

»Du bist schrecklich, Guido«, schimpfte Lara, konnte sich aber ein Lächeln nicht verkneifen.

»Ich weiß, *madam*!« sagte Lionhill und lächelte ebenfalls. »Nun, da wir den *Sellerone*[19] losgeworden sind, lass uns mal schauen was wir haben«, sagte er. Er führte seine Hände an den Mund, faltete sie und berührte seine Unterlippe mit den Spitzen seiner Zeigefinger.

Er schwieg einige Augenblicke, während er seine Gedanken sammelte. Dann sagte er: »Lass uns noch einmal zusammenfassen: Der Ring hat neun Kerben mit jeweils einem Metallwürfel. Auf vier der sechs Seiten

---

[18] *Aber mein Name ist March, Sir! Und ich bin kein Obergefreiter, Sir!*

[19] Sehr große und dünne Person. Es kommt von *sellero*, was im römischen Dialekt Sellerie bedeutet.

jedes Würfels sind Symbole eingraviert, insgesamt 36.«

Lionhill streckte die Hand nach dem 9-mal-4-Raster aus, das Lara sorgfältig mit den 36 Symbolen ausgefüllt hatte, und fuhr dann fort: »Alle Symbole auf den Würfeln befinden sich auch auf dem Diskos von Phaistos. Drei davon, SCHIFF, HELM und TIERHAUT, sind zweimal auf den Würfeln eingraviert. Der Diskos von Phaistos hat insgesamt 45 verschiedene Symbole. Folglich sind 12 davon nicht auf den Würfeln.«

Lilie	Handschuh	Gewelltes Bündel	Gefangener
Pfeil	Kleines Beil	Thunfisch	Horn
Schiff	Bogen	Kopf mit Tätowierung	Helm
Papyrus	Katze	Deckel	Schleuder
Kind	Wein	Tierhaut	Platane
Dolium	Fussgänger	Sieb	Schild
Helm	Handschellen	Kopf mit Federschmuck	Spitzhacke
Tierhaut	Reibeisen	Kamm	Frau
Widder	Schiff	Säule	Adler

»Richtig. Die 12 Symbole auf dem Diskos, aber nicht auf den Würfeln, sind TIARA, KEULE, SÄGE, BUMERANG, HOBEL, BIENENSTOCK, STIERFUSS, TAUBE, BIENE, ROSETTE, OCHSENRÜCKEN und FLÖTE«, las Lara von einem Blatt Papier ab.

»Der Diskos von Phaistos besteht sozusagen aus 61 „Wörtern“, 31 auf Seite A und die anderen 30 auf Seite B.«

»Und das allererste Wort auf Seite A besteht aus den fünf Symbolen, die auf der Außenhülle des Rings eingraviert sind«, fügte Lara hinzu.

»Wenn wir also das erste Wort auf Seite A ignorieren, hätten wir 30 Wörter auf jeder Seite. Daher 33 verschiedene Symbole auf den Würfeln und 30 Wörter auf jeder Seite des Diskos.«

»Aber von den 33 Symbolen auf den Würfeln sind KOPF MIT FEDERSCHMUCK, FUSSGÄNGER und SCHILD auch auf der Außenhülle eingraviert. Wenn wir sie ausschließen, bleiben uns 30 Symbole auf den Würfeln, genau die gleiche Anzahl von Wörtern auf jeder Seite des Diskos«, sagte Lara.

»Interessante Idee... du denkst also, dass es eine Eins-zu-Eins-Übereinstimmung zwischen den 30 Symbolen auf den Würfeln und den 30 Wörtern auf jeder Seite des Diskos geben könnte...«

Lionhill tippte einige Augenblicke auf seinem Smartphone, einem Samsung A10, herum, und sagte dann: »Konzentrieren wir uns für den Moment auf Seite A. Dies ist die Transkription der 31 Wörter, die darauf eingraviert sind und mit den Codes A1 bis A31 gekennzeichnet sind. Das Wort auf der Außenhülle ist das mit A1 gekennzeichnete.«

(A1)	(A2)	(A3)	(A4)
(A5)	(A6)	(A7)	(A8) [.]
(A9)	(A10)	(A11)	(A12)
(A13)	(A14)	(A15)	(A16)
(A17)	(A18)	(A19)	(A20)
(A21)	(A22)	(A23)	(A24)
(A25)	(A26)	(A27)	(A28)
(A29)	(A30)	(A31)	

Der Professor reichte Lara sein Smartphone. Auf seinem Display war ein 8-mal-4-Raster von Symbolen, die er von Wikipedia heruntergeladen hatte. »Wie würdest du die 30 Symbole auf den Würfeln mit den 30 Wörtern A2 bis A31 verknüpfen?« fragte Lionhill.

Lara studierte eine Weile die Sequenz auf dem Smartphone, strich sich mit der linken Hand übers Kinn und schüttelte ab und zu den Kopf.

»Nein, das passt nicht«, sagte sie schließlich und legte das Smartphone auf den Schreibtisch. »Ich dachte es könnte eine Verbindung zwischen den 30 Symbolen auf den Würfeln und dem allerersten Symbol in jedem der 30 Wörter auf Seite A geben. Die 30 Symbole auf den Würfeln unterscheiden sich alle voneinander. Allerdings beginnen einige der Wörter mit dem gleichen Zeichen. Zum Beispiel ist der KOPF MIT FEDERSCHMUCK das erste Symbol bei 13 der 30 Wörter.«

»Wenn wir aber stattdessen die *letzten* Symbole in jedem Wort auf dem Diskos berücksichtigen, würden wir am Ende Symbole haben, die nicht auf den Würfeln sind, wie BUMERANG, ROSETTE oder BIENE«, sagte Lionhill.

Der Professor schnappte sich sein Smartphone und gab es Lara nach ein paar Berührungen des Bildschirms zurück.

»Dies ist die Transkription der 30 Wörter auf Seite B, gekennzeichnet mit den Codes B1 bis B30.«

Lara studierte aufmerksam die neue 8-mal-4-Matrix auf dem Smartphone. Ein paar Augenblicke später schüttelte sie den Kopf und hob den Blick, um dem von Lionhill zu begegnen.

»Nein, Seite B geht auch nicht«, sagte Lara schließlich enttäuscht. »Die 30 Zeichen am Anfang der Wörter bilden keine Folge eindeutiger Zeichen. Der KOPF MIT FEDERSCHMUCK steht am Anfang von 5 Wörtern und die KATZE steht am Anfang von 6 von ihnen, um nur zwei Beispiele zu nennen. Und der HELM ist das letzte Symbol in 6 von 30 Wörtern.«

(B1)	(B2)	(B3) ,	(B4)
(B5)	(B6) ,	(B7)	(B8)
(B9)	(B10)	(B11)	(B12)
(B13)	(B14)	(B15)	(B16)
(B17)	(B18) ,	(B19)	(B20) ,
(B21) ,	(B22)	(B23)	(B24) ,
(B25)	(B26) ,	(B27)	(B28)
(B29)	(B30) ,		

Lara stand auf und begann nachdenklich im Zimmer auf und ab zu gehen. Dann setzte sie sich wieder hin, den Blick auf die Zettel geheftet, die vor ihr auf dem Schreibtisch verstreut waren.

»Ich kann nicht atmen…« Lionhill spreizte mit der rechten Hand seinen Hemdkragen. »Ich hasse es, in einem Raum ohne Fenster und mit geschlossener Tür zu sein.«

»Erzähl mir davon!« sagte Lara. »*Qui dentro c'è un'afa...*[20] ich glaube nicht, dass die Klimaanlage richtig funktioniert.«

»Was hast du gesagt?« fragte Lionhill und drehte sich plötzlich mit weit geöffneten Augen zu Lara um.

»Ich habe mich gefragt, ob die Klimaanlage richtig funktioniert...«

»Nein, was hast du gesagt, *bevor* du die Klimaanlage

[20] *Gott, ist das schwül hier drin…*

erwähnt hast.«

»*Ho detto che qui c'è un'**afa** terribile.*[21] Ich ersticke!«

»Warum habe ich nicht früher daran gedacht!« rief Lionhill und klatschte laut in die Hände, ein breites Lächeln im Gesicht. »*Afa... Hapax*! Das heißt, die Symbole, die nur einmal auf dem Diskos von Phaistos erscheinen. Wie viele sind es? Neun! Wie viele Würfel auf dem Ring? Neun! Das kann kein Zufall sein!«

Lara sprang auf, das Adrenalin schnellte hoch.

»Die neun Hapax auf dem Diskos von Phaistos sind der GEFANGENE... erster Würfel, vierte Seite... das KIND... fünfter Würfel, erste Seite...« Lara überprüfte das Blatt mit dem 9-mal-4-Raster, das Stimme zitternd vor Aufregung. »Der BOGEN... dritter Würfel, zweite Seite... die SPITZHACKE... siebter Würfel, vierte Seite... der DECKEL... vierter Würfel, dritte Seite... der WIDDER... neunter Würfel, erste Seite... das REIBEISEN... achter Würfel, zweite Seite...«

Lionhills Mund weitete sich zu einem Lächeln, als hätte er beim Superenalotto[22] alle 6 Zahlen richtig getippt.

»Das SIEB... sechster Würfel, dritte Seite... und zuletzt das KLEINE BEIL... zweiter Würfel, zweite Seite«, sagte Lara und sah Lionhill mit Tränen in den Augen an.

»GEFANGENER – KLEINES BEIL – BOGEN – DECKEL – KIND – SIEB – SPITZHACKE – REIBEISEN – WIDDER... ein Symbol pro Würfel, in genau der gleichen Reihenfolge, wie sie auf dem Diskos eingraviert sind, beginnend mit Seite A und endend auf Seite B... Wir haben die Sequenz gefunden!«

---

[21] *Ich sagte, es ist schrecklich schwül hier drin.*

[22] Italienisches Lotteriespiel, bei dem 6 von 90 Zahlen richtig zu treffen sind.

Lilie	Handschuh	Gewelltes Bündel	Gefangener
Pfeil	Kleines Beil	Thunfisch	Horn
Schiff	Bogen	Kopf mit Tätowierung	Helm
Papyrus	Katze	Deckel	Schleuder
Kind	Wein	Tierhaut	Platane
Dolium	Fussgänger	Sieb	Schild
Helm	Handschellen	Kopf mit Federschmuck	Spitzhacke
Tierhaut	Reibeisen	Kamm	Frau
Widder	Schiff	Säule	Adler

8

Rom, U.S. Botschaft
Labor
10. März 2022, 17:46 Uhr

Lionhill genoss entspannt den Espresso, den March ihm vor ein paar Minuten aus dem Café Doney gebracht hatte, den rechten Ellbogen auf die Tischkante gelegt. Der fleißige Soldat hatte seine Bitte fast perfekt erfüllt: Der Espresso wurde im Glas geliefert, lang, aber nicht zu groß, und mit wenig Zucker. Der *Macchiato* war mit heißer Milch gemacht, nicht mit kalter wie Lionhill bestellt hatte, aber eine etwas falsche Mischung konnte seine gute Laune an diesem Tag nicht verderben. Lionhill hatte das Gefühl, nur einen Schritt von der möglicherweise größten archäologischen Entdeckung aller Zeiten entfernt zu sein.

Als March mit den beiden Kaffee zurück war, hatte er sofort den Major angerufen und ihm mitgeteilt, dass die Sequenz entschlüsselt worden war. Young, Fernández und McDougall waren daraufhin sofort ins Labor geeilt. Laut der S. Oliver-Uhr an Lionhills Handgelenk waren genau 47 Sekunden vergangen zwischen dem Beenden des Anrufs und dem Moment, als Major Young die Tür des Labors aufriss.

Fernández war damit beschäftigt, jeden der neun Metallwürfel in die richtige Position zu drehen, entsprechend der Reihenfolge, die Lara auf ein Blatt Papier geschrieben hatte und nun von Leutnant McDougall Symbol für Symbol vorgelesen wurde. Fernández benutzte eine Zange, um die Trägheitsreibung der Würfel zu überwinden. Sobald sich ein Würfel um seinen Drehpunkt zu drehen begann, brachte der Marine ihn vorsichtig in die richtige Position, wobei er Teildrehungen vermied, die vielleicht einen Selbstzerstörungsmechanismus auslösen könnten.

Young und Lara standen vor dem Ring und warteten ungeduldig darauf, dass alle neun Würfel in die richtige Position gedreht waren. March saß hinter dem Schreibtisch, die Augen auf den Ring gerichtet.

»Als nächstes kommt die SPITZHACKE«, sagte McDougall. »Es sieht aus wie eine senkrecht stehende Trompete. Es befindet sich auf der linken Seite des Würfels.«

Fernández nestelte ein paar Sekunden mit der Zange herum, legte sie dann hin, packte den Würfel mit Daumen und Zeigefinger und drehte ihn um 90 Grad.

»SPITZHACKE ist in Position. Und damit sind wir bei sieben. Was kommt als nächstes?« fragte er, während er zur nächsten Kerbe ging, gefolgt von McDougall.

»Das achte Symbol ist das REIBEISEN. Es ist auf der rechten Seite«, sagte McDougall.

Sobald die Trägheitsreibung überwunden war, drehte Fernández den achten Würfel um 90 Grad nach links, und das Reibeisensymbol zeigte nach außen.

Sobald der achte Würfel seine endgültige Position erreichte, klickte ein Metallmechanismus im Inneren des Rings, und das gesamte Artefakt begann mit einem blassen bläulichen Licht und einem leichten Summen zu vibrieren.

»Was zum Teufel ist hier los?« rief Fernández und sprang vom Ring weg.

»Das letzte Symbol, der WIDDER, ist bereits an der richtigen Position«, sagte McDougall mit Blick auf die neunte und letzte Kerbe unten rechts im Ring.

Im inneren Kreis des Rings wurde ein intensives weißes Licht erzeugt, und alle Anwesenden waren gezwungen, den Blick abzuwenden, und ihre Augen mit den Händen bedecken. Wenige Augenblicke später verschwand das Licht und wurde durch eine wässrige Membran ersetzt, die einer riesigen Seifenblase ähnelte. Die weiße Wand hinter dem Ring war nicht mehr zu sehen.

»Das Portal ist aktiv«, sagte Lionhill, seine Augen funkelten vor Rührung.

9

Rom, U.S. Botschaft
Privatbüro des Botschafters
10. März 2022, 18:09 Uhr

»Das Portal ist aktiv«, verkündete Morlock, hinter dem großen Schreibtisch aus Eichenholz sitzend, den Telefonhörer in der rechten Hand. Die Sonne war gerade untergegangen und das Zimmer in Dunkelheit getaucht, die einzige Lichtstrahlquelle im Zimmer war die uralte Tischlampe auf der rechten Seite des Schreibtisches.

Der Mann am anderen Ende der Leitung zeigte weder Überraschung noch Zögern. »Wie vereinbart vorgehen«, befahl er.

»Jawohl«, antwortete Morlock, aber die Kommunikation war bereits unterbrochen.

Morlock sah zu Harlan auf, der vor ihm stand.

»Rufen Sie Watney an und sagen Sie ihm, er soll den Rover in fünf Minuten ins Labor bringen«, sagte er.

Er nahm eine schwarze lederne Aktentasche von der linken Schreibtischseite, stand auf und ging zur Tür, während Harlan sein Smartphone aus der Tasche zog und eine Nummer aus dem Anrufprotokoll wählte.

10

Rom, U.S. Botschaft
Labor
10. März 2022, 18:23 Uhr

Lionhill betrachtete mit der für einen Wissenschaftler typischen Neugier das kleine sechsrädrige Gefährt, das zwei neu hinzugekommene Männer wenige Zentimeter vor der wässrigen Membran auf dem Boden abgesetzt hatten, die im Inneren des Rings wie von einer leichten Brise bewegt leicht schwankte.

Die beiden Männer waren wenige Minuten zuvor in den Raum gekommen, hatten sich schnell vorgestellt und sich sofort an die Arbeit gemacht. Der größere der beiden, der sich als Watney vorgestellt hatte, setzte sich hinter den Schreibtisch. Er schob seine Sonnenbrille hoch, schloss einen Laptop an das Ethernet-Kabel auf dem Schreibtisch an und tippte hektisch eine Folge von Befehlen in die Tastatur.

Der andere Mann, mit kräftiger Statur und ausgeprägten nahöstlichen Gesichtszügen stellte sich einfach als Josh vor. Nachdem Josh das bizarr aussehende Fahrzeug aus einer grauen Metallkiste geholt hatte, stellte er es vorsichtig auf den Boden vor dem Ring. Dann nahm er aus einer kleinen Pappschachtel einen Metallkäfig mit zwei weißen Mäusen und hängte den Käfig an einen der Metallarme des Rovers. Die zwei Mäuse kauerten in einer Ecke des Käfigs bis Josh wegging. Dann wurden sie mutiger und blickten neugierig auf die Menschen um sie herum, klammerten sich mit ihren Vorderpfoten an die

Gitterstäbe des Käfigs und kräuselten rhythmisch ihre Nasen.

»Wir brauchen sie, um zu beurteilen, ob das Reisen durch das Portal Folgen für ein Lebewesen hat«, sagte Josh und deutete auf die Mäuse.

»Das hatte ich vermutet. Und für diese beiden armen, kleinen Mäuse befürchtet«, sagte Lionhill.

»*Navcams* und *Hazcams* sind aktiv«, sagte Watney, ohne den Blick vom Monitor abzuwenden.

»Die *Navigation Cameras* und *Hazard Avoidance Cameras* werden vom Rover verwendet, um zu navigieren und potenzielle Hindernisse zu lokalisieren und zu vermeiden«, erklärte Josh im Gespräch mit Lara und Lionhill.

»*REMS* aktiv«, verkündete Watney.

»Die *Rover Environmental Monitoring Station*, kurz *REMS*, kann Temperatur, Luftfeuchtigkeit, Luftdruck, Windrichtung und -intensität sowie UV-Strahlung messen«, erklärte Josh. Er war definitiv viel gesprächiger als sein Kollege.

»Wenn ich das richtig verstehe, handelt es sich bei diesem Fahrzeug um eine verkleinerte Version des Rovers *Curiosity*, mit dem die NASA den Mars erforscht, richtig?« fragte Lionhill Josh.

»Ja, das ist korrekt. Es ist eine kleinere und viel einfachere Version und auch viel günstiger. Die *Curiosity*, die 2011 zum Mars geschickt wurde, ist 3 Meter lang und wiegt ungefähr 900 Kilo. Unser kleiner Rover hier ist 58 Zentimeter lang und wiegt nur 41 Kilo. Außerdem war die „Mars-*Curiosity*“ für eine Mission von zwei Jahren konzipiert, deren Hauptziel die Analyse von Boden- und Gesteinsproben war. Die Mission unseres Rovers wird nur fünf Minuten dauern und das Hauptziel ist die Aufnahme von Videomaterial.«

»Was passiert, wenn der Rover durch den Ring fährt und vor einer Wand oder einem anderen Hindernis landet?« fragte Lara.

»Genau wie die *Curiosity* und andere frühere Rover, die von der NASA verwendet wurden, ist unser kleines Spielzeug mit Algorithmen und künstlicher Intelligenz ausgestattet, die es ihm ermöglichen, seine eigene Route im Falle von Hindernissen zu korrigieren. Der Einsatz automatisierter KI-basierter Fahrzeuge ist für die Erforschung des Mars von entscheidender Bedeutung, da dessen Entfernung von der Erde zwischen mindestens 54,6 und höchstens 401 Millionen Kilometern variiert.«

»Wenn der Rover von der Erde aus ferngesteuert werden sollte, würde das Funksignal im Grunde zu lange dauern«, kommentierte Lionhill.

»Genau«, bestätigte Josh. »Wenn der Rover auf dem Mars auf ein Hindernis stößt und es der Erde übermittelt, würde das Funksignal selbst mit Lichtgeschwindigkeit von 300.000 Kilometern pro Sekunde zwischen 3 und 22 Minuten brauchen, um die Erde zu erreichen, je nach relativer Entfernung zwischen den beiden Planeten. Plus weitere 3 bis 22 Minuten für jede von einem Bediener mitgeteilte Routenkorrektur zurück zum Rover.«

»Alle Tests zum Starten abgeschlossen«, verkündete Watney, der in der Zwischenzeit ein weiteres halbes Dutzend Checks durchgeführt hatte.

»Schicken Sie den Rover durch das Portal«, forderte ein Mann mit glänzend gegeltem Haar und rahmenloser Brille, der gerade den Raum betreten hatte.

»Zu Befehl, Mr. Morlock«, antwortete Watney und tippte eine Reihe von Kommandos in die Tastatur.

Der kleine Rover bewegte sich zusammen mit den

weißen Mäusen langsam auf den Ring zu, durchquerte seine wässrige Membran und verschwand, als hätte es ihn nie gegeben.

***

»Drei Minuten«, verkündete Watney und schaute auf seine Apple Watch, die die genaue Zeit seit dem Verschwinden des Rovers durch die wässrige Membran des Rings anzeigte.

»Der Rover ist auf eine Geschwindigkeit von 60 Metern pro Stunde programmiert. Wenn er keine Hindernisse im Weg findet, folgt er einem voreingestellten Weg von 5,4 Metern um den Ring. Das heißt, die minimale Missionszeit beträgt 5 Minuten und 24 Sekunden«, erklärte Josh Lara und Lionhill.

»Vier Minuten«, verkündete Watney. »Eine Minute vierundzwanzig Sekunden bis zum *Rendezvous*[23].«

Die Spannung im Raum stieg. Mit Ausnahme von Watney, der regelmäßig den Lauf der Zeit überwachte, und Joshs leisen Erklärungen lag eine angespannte Stille im Raum. Lionhill konnte fast sein Herz in der Brust schlagen hören... Bald würde er endlich die Antwort auf die Frage kennen, die er sich vor 30 Jahren gestellt hatte: *Wohin führt das Portal?*

»Zehn Sekunden, neun, acht…« Watney markierte die Zeit, Sekunde für Sekunde. Er hob den Blick von der Apple Watch und starrte auf die Membran des Rings. »Vier, drei, zwei, eins, null!«

Neun Augenpaare starrten auf den unteren Teil des Rings und warteten darauf, dass der Rover erschien. Die

---

[23] *Geplantes Wiedererscheinen.*

Membran vibrierte leicht weiter, aber kein Gegenstand durchbohrte sie. Ein leises Murmeln der Enttäuschung breitete sich im Raum aus.

»Fünf Sekunden nach dem Rendezvous«, verkündete Watney mit emotionsloser Stimme, ohne Anzeichen von Besorgnis oder Nervosität.

»Wahrscheinlich hat ein großer Stein oder ein anderes Hindernis einen kurzen Umweg verursacht«, flüsterte Josh Lara und Lionhill mit einem beruhigenden Lächeln zu und hob leicht die Schultern.

Lara schaute zu Morlock, der sie betrachtete. Lionhill sah ihre Blicke und vermutete, dass sie sich kannten, obwohl sie zuvor nicht miteinander gesprochen hatten. Eine Reihe unangenehmer Fragen drangen in seinen Kopf: *Wer war der Mann, den Lara zu kennen schien? In welcher Beziehung stand Lara zu ihm? Aber vor allem: Wie würde das Militär den Ring nutzen?*

»Dreißig Sekunden nach dem Rendezvous«, sagte Watney, völlig ruhig und zuversichtlich.

Einige weitere Sekunden vergingen, dann wurde die wässrige Membran plötzlich an zwei Stellen durchbohrt. Die beiden Vorderräder des Rovers bahnten sich ihren Weg auf den weißen Linoleumboden, bald gefolgt vom Rest des Fahrzeugs. Die beiden kleinen Mäuse bewegten sich im Käfig und schienen bei bester Gesundheit zu sein.

Fröhliche Aufregung erfüllte den Raum. Lara beugte sich zu Lionhill hinüber und umarmte ihn; Fernández und McDougall tauschten ein High Five aus; Josh ballte seine Fäuste und hob sie vor sein Gesicht; March stand stramm; Watney und Morlock nickten und lächelten einander an; Youngs Brust schwoll vor Stolz an, als erwarte er, eine Medaille für eine weitere erfolgreiche Mission zu erhalten.

Der Rover hielt etwa dreißig Zentimeter vor dem Ring

an und begann, alle während der Mission gesammelten Daten an Watneys Computer zu übertragen.

»Wetterdaten werden empfangen«, verkündete Watney und beobachtete den Computerbildschirm, auf dem eine Reihe von Schaubildern die vom Rover empfangenen meteorologischen Daten anzeigten.

»Temperatur... 17 Grad Celsius. Luftfeuchtigkeit... 33 %. Druck... 1016 Millibar. Windgeschwindigkeit… 16 Kilometer pro Stunde, Nordost.«

»Nun sind wir sicher, dass unser Rover noch keinen Spaziergang auf dem Mars gemacht hat«, scherzte Josh. »Der Luftdruck am Boden variiert zwischen 7 und 11 Millibar.«

»Breitengrad... 41° 54′ 22.284″ Nord. Längengrad... 12° 29′ 35.484″ Ost.«

Lionhill notierte mit gerunzelter Stirn die Längen- und Breitengrade auf einem Blatt Papier. Er zog sein Samsung A10 aus seiner Jacke und tippte die URL zu einer Website ein, die Längen- und Breitengrade auf einer gewöhnlichen Google-Karte anzeigt.

Watney erhielt die vom Rover aufgenommenen Videobilder und projizierte sie mit dem an der Decke des Raums montierten Projektor auf die Wand rechts vom Ring. In der Zwischenzeit zeigte Lionhill auf seinem Handy den Punkt an, der den vom Rover übermittelten Koordinaten entsprach.

»Das sind im Grunde die Koordinaten dieses Gebäudes unter Berücksichtigung von Rundungsfehlern. Als hätte der Rover diesen Raum nie verlassen. Wohin führt das Portal?« fragte Lionhill, obwohl er sich die Antwort vorstellen konnte.

»Ich glaube, Sie haben es schon herausgefunden, Professor«, antwortete Morlock mit einem schiefen

Grinsen. »Die richtige Frage heißt vielleicht nicht *wo*, sondern *wann*.«

***

»Haben Sie jemals von der Supernova 1054 gehört, Professor?« fragte Watney Lionhill, während er ein hochauflösendes Bild eines Teils eines Sternenhimmels an die Wand projizierte.

»Wenn ich mich nicht irre, ist es die Supernova, die den Krebsnebel erzeugt hat.«

»Richtig. Sie wird Supernova 1054 genannt, weil ihre Explosion im Jahr 1054 nach Christus stattfand und in China, Japan und wahrscheinlich in der Türkei beobachtet wurde. Bitte sehen Sie sich dieses Bild an, Professor.«

Watney zog einen Laserpointer aus seiner Tasche und zeigte auf einen kreisförmigen Teil des Sternenhimmels.

»Dies ist der Krebsnebel«, sagte er.

Lionhill rückte näher an die Wand heran, um besser zu sehen. Dann runzelte er die Stirn und sah verwirrt aus. »Ich sehe keinen Nebel.«

»Weil die Supernova 1054 auf dem vom Rover aufgenommenen Bild noch nicht explodiert ist.«

Watney schwieg ein paar Sekunden, um Lionhill die Zeit zu geben, zu verdauen, was ihm gerade offenbart worden war. Dann fügte er hinzu: »Im letzten Jahrtausend wurden vier weitere Supernova-Explosionen beobachtet, und ich bin mir sicher, dass wir zu demselben Schluss kommen würden, wenn wir uns die relevanten Teile des Himmels ansehen würden. Aber es gibt noch ein anderes Bild, das keinen Raum für weitere Zweifel lässt. Dieses hier.«

Das Bild hatte die für Nachtsichtgeräte typischen

Grüntöne und wurde in einem Hain mit Seekiefern aufgenommen. Im Hintergrund stand hinter niedrigen Lorbeerbüschen eine etwa zehn Meter hohe Mauer.

»Es ist… es ist…« stammelte Lionhill fassungslos und starrte mit zusammengekniffenen Augen auf das Bild an der Wand.

»Die Servianische Mauer«, sagte Morlock und vervollständigte den Satz für ihn. »Intakt.«

Laut Titus Livius begann der Bau 378 v. Chr., neun Jahre nach der Plünderung Roms durch den gallischen Stamm der von Brennus angeführten Senonen. Die Servianische Mauer war etwa 11 Kilometer lang. Überreste sind noch heute zu sehen, zum Beispiel zwischen Via Salandra und Via Carducci, auf der Piazza dei Cinquecento, im unterirdischen Bereich des Atriums des Bahnhofs Roma Termini, im Garten des römischen Aquariums auf der Piazza Manfredo Fanti und in der Via di San Vito.

»Wussten Sie das?« fragte Lionhill verwirrt. »Wussten Sie, dass der Ring eine Zeitmaschine war?«

»Wir haben diese Möglichkeit in Betracht gezogen«, antwortete Morlock. Er schwieg ein paar Sekunden, unsicher, ob er die Informationen mit Lionhill teilen sollte oder nicht. Dann sagte er: »Ich bin sicher, der hervorragende Erhaltungszustand des Rings muss Sie überrascht haben. Nach über 36 Jahrhunderten auf dem Meeresgrund...«

»Ja. Ich muss sagen, ich war wirklich verblüfft. Ich konnte keine Anzeichen von Korrosion auf der Oberfläche des Rings erkennen. Die äußere Hülle schützte es auf wirklich erstaunliche Weise.«

»Er ist aus Edelstahl.«

»Wie bitte?«

»Der Ring. Er ist aus Edelstahl. Deshalb gibt es fast keine Korrosion.«

»Edelstahl ist aber eine relativ neue Erfindung«, widersprach Lionhill.

»Stimmt. Es wurde 1872 von den Briten Woods und Clark entdeckt, und seine Industrialisierung begann erst 1913, über vierzig Jahre später. Das, mein lieber Professor, führt uns zu zwei Möglichkeiten. Die erste ist, dass die minoische Zivilisation 3500 Jahre vor Woods und Clark ein solches Niveau an technologischer Entwicklung erreicht hat, dass sie in der Lage war, Edelstahl herzustellen. Hypothese nicht auszuschließen, wenn wir an die Legende von Atlantis als einer technologisch fortgeschrittenen Zivilisation glauben wollen. Vorausgesetzt natürlich, Atlantis ist mit der Insel Santorini zu identifizieren.«

»Und die zweite Möglichkeit ist, dass der Ring eine Zeitmaschine ist, die aus der Zukunft kommt«, ergänzte Lionhill Morlocks Gedankengang.

»Richtig. Und Ihr Artikel von 1992 kommt dieser zweiten Hypothese nahe. Auch wenn Sie, Professor, eine Reise durch den Raum angenommen haben, nicht durch die Zeit.«

Lionhill schwieg einige Sekunden und stellte dann die Frage, die Morlock erwartet hatte. »Was werden Sie jetzt tun?«

»Zuerst werden wir die Ergebnisse der medizinischen Tests an den Mäusen abwarten... Wenn sie bestätigen, dass die Zeitreise keine Auswirkungen auf ihren Körper hatte, machen wir mit dem nächsten Schritt weiter.«

»Der wäre, Menschen durch den Ring zu schicken«, schloss Lionhill Morlock wieder vorgreifend.

»Ja. Sobald bestätigt ist, dass keine Risiken für

Lebewesen bestehen, haben wir genau das vor«, gab Morlock zu.

»Aber es gibt Risiken!« rief Lionhill. »*Santa Cleopatra!* Wir sprechen hier nicht von den Zeitreisen von Geronimo Stilton[24] oder Mickey Maus[25]! Ein Eingriff in die Vergangenheit könnte zu einer Katastrophe führen!«

»Wir sind uns der Risiken vollkommen bewusst, Professor«, sagte Morlock in kaltem Ton. »Wir sind uns aber auch der enormen Möglichkeiten bewusst, die ein solches Werkzeug der US-Armee bietet.«

»Armee? Planen Sie, den Ring als Waffe einzusetzen? Um was zu tun? Einen Cyborg in die Vergangenheit schicken, um die Mutter Ihres schlimmsten Feindes zu töten[26]?« fragte Lionhill sarkastisch, außer sich vor Wut.

»March, bringen Sie den Professor in die Gästesuite. Ruhen Sie sich aus, Professor. Sie werden heute Abend unser Gast sein.«

»Gast oder Geisel?« fragte Lionhill bissig, als March seinen Rollstuhl aus dem Zimmer schob.

---

[24] Kinderbuchreihe von Elisabetta Dami.

[25] Geschichten, die im wöchentlichen Comic-Magazin Topolino von der Walt Disney Company Italia veröffentlicht wurden.

[26] Dies bezieht sich auf den Film *Terminator* von 1984, in dem ein Cyborg in die Vergangenheit geschickt wird, um Sarah Connor, die Mutter von John, dem zukünftigen Anführer des menschlichen Widerstands gegen die Maschinen, zu töten.

Teil Drei: JULIANUS

Nulla enim alia re videmus populum Romanum orbem subegisse terrarum nisi armorum exercitio, disciplina castrorum usuque militiæ[27]

Publius Flavius Vegetius Renatus, *Epitoma Rei Militaris* (Liber I)

[27] *Denn durch nichts anderes hat, so erkennen wir, das römische Volk sich den Erdkreis unterworfen, als durch Waffenübung, durch Lagerdisziplin und durch militärische Erfahrung [nach einer Übersetzung von Friedhelm L. Müller]*

11

Rom, im 1. Jh. vor Christus (Datum unbekannt)

Publius Liburnius Julianus erwachte mit einem Ruck. Sein Herz pochte, als würde es versuchen, aus seiner Brust zu springen. Mit dem Handrücken wischte er sich Schweißtropfen von der Stirn, runzelte die Augen und setzte sich auf der Wollmatratze auf. Er drehte seinen Kopf zu dem kleinen Fenster zu seiner Rechten. Die Sonne war noch nicht aufgegangen. Hinter den Glimmerscheiben[28] hüllte Dunkelheit die Stadt ein.

Julianus rückte den *subligar* zurecht, seine Leinenunterwäsche, glättete seine Wolltunika, zog seine Sandalen an und stand auf. Er ging zum Kohlebecken und wärmte sich die Hände. Dann goss er ein wenig Wasser in eine Tasse aus mundgeblasenem Glas und trank es mit einem Zug leer. Seine Kehle war rau und sein Mund trocken.

In seinem Albtraum hatte er Octavius gesehen und die Schrecken von Sabis[29] wieder erlebt. Die brutalen und blutigen Bilder der Schlacht waren noch immer scharf vor seinen Augen. Dreizehn Jahre waren seither vergangen, aber Julianus konnte sich an jedes Detail dieses Tages erinnern. Vor allem würde er die brechenden Augen von

---

[28] Glas wurde damals noch sehr selten für Fenster verwendet.

[29] Pierre Turquin schrieb in seinem *„La Bataille de la Selle (du Sabis) en l'An 57 avant J.-C." (Les Études Classiques 23/2, 1955, S. 113-156)*, dass der Fluss Sabis, den Cäsar in seinen *Commentarii De Bello Gallico* als Schlachtort bezeichnete, eher mit dem Fluss Selle in der Picardie als mit der Sambre zu identifizieren sei.

Octavius nie vergessen als *Pluto*[30] ihn mitnahm.

***

Zu jener Zeit war er ein 18-jähriger *miles*[31] in der XII. Legion, begierig darauf, an den Gallischen Kriegen teilzunehmen und unter der Führung des Prokonsuls Gaius Julius Cäsar zum Ruhme Roms beizutragen.

Acht römische Legionen waren drei Tage lang marschiert, um den Sabis zu erreichen. Auf der anderen Seite des Flusses lagerten die gallo-belgischen Stämme *Nervii*, *Viromandui* und *Atrebati*, angeführt von ihrem Häuptling Boduognatus.

Cäsar hatte befohlen, das *castrum*[32] auf einem Hügel wenige hundert *pedes*[33] vom linken Ufer des Flusses entfernt zu errichten. Nachdem die Grenzen des Lagers markiert waren, begannen die Soldaten der VIII., X. und XII. Legion mit dem Ausheben des Grabens, und die der VII., IX. und XI. Legion arbeiteten am *vallum*, dem Holzzaun um das *castrum*.

Der Himmel war bedeckt, große dunkle Wolken zogen träge nach Westen, aber es sah nicht so aus, als würde es gleich regnen. Eine sanfte Brise trug den Duft der Buchen aus den umliegenden Wäldern ins Römerlager. Ein Dutzend Lerchen flog über die Legionäre hinweg.

Julianus lächelte. »Lerchen fliegen westwärts, *signum faustum est*[34]«, sagte er zu Octavius, während er noch eine Schaufel feuchter und klebriger Erde aushob.

---

[30] Der Herrscher der Unterwelt.

[31] *Soldat* (Plural: *milites*).

[32] *Befestigtes Lager.*

[33] Ein *pes* oder römisches Fuß entspricht 29,64 Zentimetern.

[34] *Es ist ein Zeichen des Glücks.*

»Bist du sicher?« fragte Octavius skeptisch. »Ich wusste nicht, dass du ein *augur*[35] bist...«

Julianus und Octavius, beide 18 Jahre alt, waren zusammen auf der Insel Crepsa im Illyricum aufgewachsen, wo sie im Abstand von nur drei Wochen geboren wurden. Beide Fischersöhne hatten sich vor weniger als zwei Jahren den Legionen angeschlossen, als Cäsar Prokonsul von Illyricum wurde. Gemeinsam hatten die beiden jungen Männer ihr erstes *sacramentum* abgelegt, den Eid der Legionäre, und gemeinsam durchliefen sie die äußerst harte militärische Ausbildung.

Für die beiden nur wenig mehr als 160 Zentimeter großen Männer, mit ihren durch monatelanges anstrengendes militärisches Training gestählten Muskeln, Julianus mit leicht gewelltem schwarzem Haar und braunen Augen und Octavius mit glattem, hellbraunem Haar und grünen Augen, war dies ihr erster Kampf. Obwohl die Gallier den 40.000 römischen Legionären zahlenmäßig um mehr als das zweifache überlegen waren, zweifelten weder Julianus noch Octavius daran, dass die harte Ausbildung, die hervorragende Organisation und der taktische Scharfsinn ihres Prokonsuls Rom zum Sieg gegen die barbarischen Horden führen würden.

Genau in diesem Moment kamen zehntausende von Barbaren schreiend aus den Wäldern auf der anderen Seite des Sabis und rollten wie eine Flutwelle den Hügel hinunter, bereit, den Fluss zu durchqueren.

Chaos breitete sich im römischen *castrum* aus. Die Legionäre, die eben noch damit beschäftigt waren, den Graben auszuheben oder den *vallum* zu bauen, ließen

---

[35] In der antiken römischen Welt war der *augur* ein Priester, der die Zukunft vorhersagen konnte, indem er Vögel beobachtete (Flug, Lärm, Essgewohnheiten usw.).

hastig Keulen und Schaufeln fallen und eilten zu ihren Helmen und Schilden. Der Klang von Hörnern und *buccinæ*[36] übertönte das Gebrüll der Barbaren, die auf sie zuliefen. Legionäre hissten Flaggen, um die akustischen Befehle, die durch die Blasinstrumente gegeben wurden, visuell zu wiederholen. Die Pfiffe und Rufe der Zenturionen hallten überall wider, während die Legionäre sich parallel zum Fluss aufstellten. Zenturien[37] bildeten Kohorten, Kohorten bildeten Legionen, Legionen bildeten eine Mauer aus *pila*[38] und Schilden, bereit, sich der barbarischen Horde zu stellen, die den Sabis durchquerte und den Hügel hinaufrannte.

Die Barbaren kamen Julianus riesig vor. Die meisten von ihnen waren um einen ganzen Kopf größer als die Römer. Ihre halbnackten Körper waren mit Halsketten und Armbändern geschmückt. Dichte Bärte und struppige Schnurrbärte, meist blond oder rötlich, bedeckten ihre Gesichter. Langes Haar, oft von halbkugelförmigen Helmen mit Ochsenhörnern bedeckt, fiel auf breite Schultern. Viele von ihnen trugen Hosen mit Längstreifen in verschiedenen Farben und hatten Langschwerter oder Speere und große ovale Schilde.

Die *Atrebati* stießen mit der IX. und X. Legion auf dem linken Flügel der römischen Armee zusammen. Die *Viromandui* kämpften im Zentrum mit den Männern der VIII. und XI. Legion. Die Legionen VII und XII, der auch Julianus und Octavius angehörten, standen auf dem rechten Flügel den *Nervii* gegenüber, dem größten der drei Barbarenstämme.

Die ersten Reihen von Soldaten der XII. Legion fielen

---

[36] Messingblasinstrument, ähnlich einem Horn.

[37] 6 Zenturien bildeten 1 Kohorte, 10 Kohorten bildeten 1 Legion.

[38] *Speere* (Singular: *pilum*).

einer nach dem anderen, den Barbaren zahlenmäßig unterlegen. Julianus hielt sein *gladius*[39] fest und suchte Schutz hinter seinem *scutum*[40]. Wolken aus Pfeilen und Speeren, von beiden Seiten geworfen, verdunkelten den Himmel, die Schlachtschreie der Gallier mischten sich mit den Schmerzensschreien der Legionäre, die zu Boden fielen, durchbohrt von feindlichen Waffen. Die Luft roch nach Blut und Schweiß. Zenturios riefen weiterhin Befehle, während sie Mann gegen Mann mit den gallobelgischen Riesen kämpften und einer nach dem anderen von den weitaus zahlreicheren Feinden getötet wurden. Julianus blickte auf den Sabis, ein paar Dutzend *pedes* den Hügel hinunter, und sah die *Atrebati* und *Viromandui* fliehen, von den Römern hingeschlachtet und dezimiert. Der Sabis war rot von Blut und hunderte von leblosen Körpern trieben flussabwärts.

Plötzlich durchbrach ein gigantischer Gallier die römischen Linien und schlug mit aller Kraft den jungen Octavius nieder, indem er mit beiden Händen ein riesiges Doppelklingenschwert schwang. Octavius' Kopf rollte im Schlamm zwischen Julianus' Füße, seine starren Augen trafen zum letzten Mal auf die von Julianus. Ein Blutstrahl strömte aus Octavius' Hals und spritzte auf Julianus' Gesicht und Brust. Einen Moment später fiel Octavius' kopfloser Körper wie eine Marionette mit durchtrennten Fäden zu Boden.

Der riesige Gallier griff Julianus an, der schnell das *scutum* zwischen sich und das Schwert des Barbaren brachte. Der Gallier schlug erneut zu, und Julianus sah mit Schrecken, wie sein *scutum* brach und in Stücke zerfiel. Niemals würde er die gelben Zähne des Barbaren

---

[39] *Schwert* (Plural: *gladii*).

[40] *Schild (*Plural*: scuta).*

vergessen, als sich dessen Mund zu einem sadistischen Lächeln verbreiterte, die blutunterlaufenen Augen, das in der Luft schwingende Schwert, bereit, auf Julianus niederzugehen und sein junges Leben zu beenden.

Das Schicksal jedoch wollte an diesem Tag einen anderen Ausgang. Kurz bevor das Schwert des Galliers Julianus berührte, der sein Schild verloren hatte, traf ein römisches *pilum* den Barbaren in den Rücken und durchbohrte ihn von einer Seite zur anderen. Die Speerspitze durchstieß nur wenige Zentimeter unterhalb seines Brustbeins den Bauch des Riesen.

In einem synchronisierten Angriff schlugen zwei Legionäre mit ihren *gladii* auf ihn ein, einer stach ihm von unten nach oben in die Kehle, der andere traf ihn in die linke Seite. Der Gallier taumelte auf nun wackligen Beinen, drehte die Augen nach hinten und fiel schließlich wenige Zentimeter vor Julianus' Füßen leblos zu Boden.

In diesem Moment signalisierte das rhythmische Geräusch von Tausenden von *gladii*, die gegen *scuta* schlugen, die Ankunft der XIII. und XIV. Legion aus dem Norden, die in der Nachhut geblieben waren, um die Vorräte zu schützen. Der Klang der Hörner hallte auf dem Hügel wider, während die X Legion, die die *Atrebati* besiegt hatte, den Hügel von Süden heraufrannte und sich der XII. Legion im Kampf gegen die *Nervii* anschloss.

Julianus kniete nieder und schloss sanft Octavius' Augen als eine letzte Abschiedsgeste. Dann schnappte er sich den Schild seines Freundes und schloss sich den anderen Legionären im Kampf an, entschlossen, das Blut seines Freundes zu rächen.

Die Schlacht von Sabis endete mit einem überwältigenden Sieg für Rom. Die *Nervii* wurden ausgerottet. Von den fast 60.000 Männern, die die Römer angriffen, überlebten nur 500 die Kriegsmaschinerie Roms.

An dem Tag, an dem Rom die entscheidende Schlacht um die Kontrolle über *Gallia Belgica*[41] gewann, verlor Julianus seinen besten Freund.

***

Die *quarta vigilia*[42] war noch nicht vorbei, aber der östliche Himmel über *Tibur*[43] war bereits hell und kündigte die nahende Morgendämmerung an.

Julianus rasierte sich mit einem Rasiermesser aus gehärteter Bronze und spülte sein Gesicht mit dem warmen Wasser ab, das in einem Eisenbecken aufbewahrt wurde.

Dann zog er eine langärmlige rote Wolltunika an, und darüber die *subarmalis*, eine wattierte Jacke und die *lorica hamata*[44]. Er band die *caligæ*, die genagelten Sandalen mit festen Sohlen, befestigte an seiner linken Schulter das *paludamentum*, einen rechteckigen Umhang, und zog das *cingulum* fest, einen mit Bronzebeschlägen verzierten Ledergürtel. Er befestigte das *gladius* an seiner Seite, schnappte sich den Helm und verließ das *cubiculum*[45].

---

[41] Heute ein Gebiet das hauptsächlich Belgien, Luxemburg und Frankreich sowie Teile der Niederlande und Deutschlands umfasst.

[42] Der letzte der 4 gleich langen Teile, in die die Römer die Nacht einteilten.

[43] Das heutige *Tivoli*, eine Stadt in der Nähe von Rom.

[44] Kettenrüstung keltischer Abstammung. Es bestand aus einem dichten Geflecht aus Metallringen mit einem Durchmesser zwischen 6 und 8 Millimetern.

[45] *Schlafraum.*

Er aß ein reichhaltiges *ientaculum*[46] mit Käse, in Wein getauchtem Brot, Oliven, Fleisch, getrockneten Früchten, Milch und Honig, durchquerte dann schnell das *atrium*[47] und verließ das *domus*[48].

Die Luft war kalt und feucht, die *Urbs*[49] in einen leichten Morgennebel gehüllt. Zwei Männer trugen Amphoren – höchstwahrscheinlich gefüllt mit Wein oder Öl – in eine *taberna*[50]. Ein von zwei massigen Ochsen gezogener Karren hielt vor dem Eingang, wo der lebhafte Besitzer mit einem anderen Mann debattierte und wahrscheinlich über den Preis der Waren auf dem Karren verhandelte. Ein *tonsor*[51] wollte gerade sein Geschäft eröffnen, und ein paar Kunden warteten bereits auf eine Rasur oder einen Haarschnitt.

Julianus ging schnell den *Mons Palatinus*[52] hinab. Er blickte auf die *Arx Capitolina*[53], die sich über der Nebeldecke erhob. Der *Ædes Iunonis Monetæ*, der Tempel der Juno Moneta[54], hob sich elegant und majestätisch vom

---

[46] *Frühstück.* Zusammen mit *cena* (*Abendessen*) war dies eine der beiden Hauptmahlzeiten der Römer.

[47] Offener zentraler Hof.

[48] Römische Villa (Plural: *domus*).

[49] Rom.

[50] *Laden* (Plural: *tabernæ*).

[51] *Barbier.*

[52] Palatin – einer der sieben Hügel Roms, gilt als ältester bewohnter Teil der Stadt.

[53] Alte Zitadelle am nördlichen Ausläufer des Kapitols, dem zweitkleinsten der klassischen sieben Hügel im antiken Rom.

[54] Die Münzprägerei von Rom befand sich in der Nähe des Tempels und wurde daher als *ad Monetam (in der Nähe von Moneta)* bezeichnet. Viele der Wörter, die heute verwendet werden, um Geld zu bezeichnen, stammen von ihm: *moneta* auf Italienisch, *moneda* auf Spanisch, *money* auf Englisch, *Münze* auf Deutsch, *monnaie* auf Französisch usw.

Himmel ab.

Julianus ging weiter und ging zum *Forum Cæsaris*[55]. Ein langer Tag erwartete ihn.

Er hätte sich nie vorstellen können, was passieren würde.

[55] *Forum von Cäsar.*

12

Rom, U.S. Botschaft
Gästesuite
10. März 2022, 20:07 Uhr.

Ein leichtes, zweifaches Klopfen an der Tür rissen Lionhill aus seinen Gedanken. Er war zutiefst besorgt und befürchtete, unfreiwillig zu einer möglicherweise katastrophalen Abfolge von Ereignissen beigetragen zu haben.

»Komm herein, Lara«, sagte er, während er die Tür öffnete.

»Wie geht es dir, Guido?« fragte Lara.

»Wie es mir wohl geht? Ich fühle mich wie ein Panda in einem Luxuszoo...« antwortete Lionhill mit einem bitteren Lächeln. »Ich werde gegen meinen Willen festgehalten, allerdings in einer 5-Sterne-Suite. Das Festnetz ist abgeschaltet, und ich wurde gebeten, mein Samsung dem *Sellerone* zu übergeben, der jedes Mal, wenn sein Vorgesetzter niest, Haltung annimmt. Auch wenn die Tür nicht verschlossen ist, weiß ich, dass da draußen jemand steht... Ich habe vor ein paar Minuten jemanden leise husten hören... Außer Freiheit und Kontakten mit der Außenwelt würde ich sagen, dass ich wirklich nichts vermisse.«

Lara lächelte. »Wenigstens hast du deinen Sarkasmus nicht verloren… Du hast nichts gegessen«, sagte sie und deutete auf das Tablett, das ein Botschaftsmitarbeiter vor einer halben Stunde auf dem Couchtisch abgestellt hatte. Ein verführerisches T-Bone Steak mit Spinat und Pommes lag unberührt auf dem Teller, bedeckt von einer Glasglocke. Ein halber Liter Wasser und ein Viertel Chianti standen auf dem Tablett, beide noch verschlossen und voll.

»Ich habe keinen Hunger«, antwortete Lionhill bitter. »Wir müssen sie aufhalten, Lara. Wir müssen Morlock aufhalten. Sie verstehen nicht, was passieren könnte.«

»Morlocks Absichten sind nicht böse, du kennst ihn nicht...«

»Aber *du* kennst ihn. Sag mir die Wahrheit, Lara. Ich habe gesehen, wie ihr euch im Labor angesehen habt. Ihr habt euch heute nicht zum ersten Mal getroffen, oder?«

»Er ist mein Boss«, gestand Lara mit gesenktem Blick.

Lionhill brauchte ein paar Sekunden, um Laras Antwort zu verarbeiten... »Du arbeitest für die CIA? Seit wann?« fragte er ungläubig.

»Seit einigen Jahren. Ich arbeite in der Wissenschafts- und Technologieabteilung, die von Morlock geleitet wird. Mein Mann Kostas Panagiotis ist der Erste Offizier auf der *Destiny*. Als Kostas mir von dem Ring erzählte, rief ich Morlock an und bat ihn, nach Rom zu kommen. Er war damals in London.«

»Du hast also diesen ganzen Zirkus organisiert!« platzte Lionhill bitter heraus. »Du hast mich wie eine Marionette kontrolliert, nur um dir zu helfen, die Sequenz zum Aktivieren des Rings zu finden!«

»Das stimmt so nicht, Guido, und das weißt du. Der Diskos ist ein außergewöhnlicher archäologischer Fund, aber auch eine unglaubliche wissenschaftliche Entdeckung. Stell dir vor, wie viele Tragödien wir mit einem solchen Werkzeug verhindern könnten. Wir könnten einen Impfstoff finden, bevor ein neues Virus zu einer Pandemie wird, eine Terrorgruppe aufhalten, bevor sie zuschlägt, einen Mord verhindern, bevor das Opfer getötet wird...«

»Lara, ich weiß, deine Ziele sind edel und großzügig«, sagte Lionhill in sanfterem Ton. »Ich kenne dich schon lange und ich weiß, wie sehr du dich um die Armen sorgst. Wie du aber auch weißt, ist keine Technologie per se gut oder schlecht. Es hängt davon ab, wie sie eingesetzt wird. Eine Drohne kann verwendet werden, um Pakete auszuliefern oder Bomben abzuwerfen. Soziale Medien können genutzt werden, um mit weit entfernten Freunden und Verwandten in Kontakt zu bleiben oder Hass und Fake News zu verbreiten. Ein Virologiezentrum kann benutzt werden, um ein Heilmittel für eine Epidemie zu finden oder eine bakteriologische Waffe herzustellen. Ich könnte dir endlose Beispiele wie diese geben, aber darum geht es nicht. Du hast davon gesprochen, Morde, Anschläge, Pandemien zu verhindern… zweifellos hehre Ziele. Doch was ein Land Terroristen nennt, nennt ein anderes Partisanen. Hermann-Arminius[56] ist für die Deutschen ein Held, aber für die Römer ein heimtückischer Verräter mit zwei Gesichtern. Die Bombardierung von Hiroshima war eine heroische Kriegshandlung, die Millionen von Menschenleben gerettet hat, wenn du Amerikaner fragst, aber ein barbarischer Akt brutaler Grausamkeit aus Sicht der Japaner.«

Lionhill schwieg einige Sekunden lang, als würde er seine Gedanken sammeln. Dann fuhr er fort. »Was ich sagen will, Lara, ist, dass die Grenze zwischen Gut und

---

[56] *Gaius Julius Arminius*, Fürst des germanischen Stammes der Cherusker und römischer Bürger. Als er 9 n. Chr. die germanische Hilfskavallerie im römischen Heer anführte, lockte er drei Legionen hinterhältig in eine Falle, die er selbst im Teutoburger Wald aufgestellt hatte.

Böse, zwischen Richtig und Falsch oft nicht so klar ist, wie man vielleicht denkt. Wer sind wir, um zu entscheiden, ob und wie wir die Vergangenheit ändern? Wer gibt den Vereinigten Staaten oder irgendeinem anderen Land das Recht, die Geschichte aus *ihrer* Sicht zu verändern?«

Lionhill schwieg und senkte den Blick. Ein paar Sekunden später fuhr er fort und sah Lara direkt in die Augen. »Was, wenn der Ring in die falschen Hände gerät? Was, wenn die falschen Leute eine oder mehrere Repliken bauen? Die Kenntnis der Zukunft würde es ihnen ermöglichen, Angriffe auf politische Führer und Staatsoberhäupter zu planen, indem sie einfach deren Schritte im Voraus kennen. Schlacht- und Kriegsergebnisse könnten rückgängig gemacht werden, wenn die Taktik des Feindes im Voraus bekannt ist. Kriminelle könnten ein riesiges Vermögen anhäufen, indem sie einfach Lotto spielen, da ihnen der Ausgang von Ziehungen und Spielen bekannt wäre...«

»Den Mäusen geht es gut«, sagte Lara.

»Was?«

»Die Tests haben bestätigt, dass der Zeitsprung keine physischen Schäden verursacht hat. Den beiden Mäusen geht es gut.«

»Ich verstehe. Jetzt wird Morlock seine Männer durch den Ring schicken.«

»Einen Mann und eine Frau, um genau zu sein. Punkt neun Uhr. Sergeant Fernández und ich werden gehen«, sagte Lara und senkte den Blick. Dann ging sie zur Tür und verließ den Raum, ohne sich umzusehen.

Lionhill wusste nichts mehr zu sagen und fluchte leise.

13

Rom, U.S. Botschaft
Labor
10. März 2022, 20:53 Uhr

»Es ist Ewigkeiten her, dass ich ein Kostüm an hatte. Und es ist nicht einmal Halloween[57]!« scherzte Fernández während er eine weiße Wolltunika glättete, die an der Taille mit einem Stoffgürtel festgezogen war. Er trug ein Paar *calcei*, geschlossene Schuhe mit dicken, genagelten Ledersohlen.

Lara trug eine lange hellgelbe *Wollstola*[58], die mit zwei Kordeln in der Taille und unter den Brüsten befestigt war. An den Füßen trug sie einfache braune Sandalen.

»Die vom Rover aufgenommenen Bilder zeigen eine kleine Lichtung, umgeben von spontaner Vegetation, hauptsächlich hohen Bäumen und Büschen«, sagte Watney, während er auf eine Reihe von Bildern deutete, die der Projektor an die Wand warf.

»Außer einem Teil der Servianischen Mauer scheint es hier im Hintergrund keine Strukturen zu geben«, fuhr Watney fort. »Keine Statuen, keine Brunnen, keine Tempel. Wir wissen, dass dieses Gebiet Ende des 1. Jahrhunderts vor Christus Teil der luxuriösen *Horti Sallustiani*, den Gärten von Sallust, wurde. Daher liegt der

---

[57] In den Vereinigten Staaten verkleiden sich die Menschen normalerweise eher am 31. Oktober (Halloween) als an Karneval (meistens mit Horrormotiven).

[58] Langes, plissiertes Kleid, von römischen Frauen getragen.

Zeitraum, den Sie besuchen werden, *vor* dem Bau des *Horti* und *nach* der Fertigstellung der Servianischen Mauer. Also zwischen der Mitte des 4. Jahrhunderts und der Mitte des 1. Jahrhunderts vor Christus.«

»Ein Zeitraum von 300 Jahren ist nicht zu vernachlässigen...« kommentierte Fernández und verzog den Mund.

»Dessen bin ich mir vollkommen bewusst«, sagte Watney. »Leider können wir Ihnen mit den wenigen Daten, die uns zur Verfügung stehen, keine genauere Schätzung geben.«

»Doktor Mellini, Sie sind die Einzige, die fließend Latein sprechen kann«, sagte Major Young. »Fernández ist ein erfahrener Soldat und wird Sie beschützen, aber im Gespräch kann er Ihnen nicht helfen. Bitte seien Sie sehr vorsichtig und gehen Sie kein unnötiges Risiko ein... ist das klar?«

»Glasklar«, antwortete Lara.

»Hier sind zwölf silberne *denarii*[59]«, sagte Young und reichte Fernández ein dunkelbraunes Ledertäschchen. »Ein Freund von Botschafter Harlan betreibt zwei Blocks von hier entfernt einen Numismatikladen. Wir konnten ihn davon überzeugen, uns diese Münzen zu leihen. Geben Sie sie nur aus, wenn dies unbedingt erforderlich ist. Jede dieser Münzen ist etwa 800 Euro wert.«

»Wenn ich mich recht erinnere, wurden die ersten

---

[59] Römische Silbermünze. Das Wort kommt von *deni* (was 10 bedeutet, von dem sich das englische *ten* und die deutsche *Zehn* ableiten). Ein *denarius* entsprach ursprünglich zehn *asses* (römische Bronze- und später Kupfermünzen). Von *denarius* stammen viele der heute verwendeten Geld-Begriffe ab, wie *denaro* auf Italienisch, *dinero* auf Spanisch, *dinheiro* auf Portugiesisch.

denarii während des Zweiten Punischen Krieges[60] geprägt, 211 vor Christus oder kurz davor«, sagte Lara. »Nach dem, was Mr. Watney uns gerade gesagt hat, könnten wir lange vor dem Zweiten Punischen Krieg landen…«

»Leider sind dies die ältesten römischen Münzen in ausgezeichnetem Zustand, die der Numismatiker besaß. Wir können nur hoffen, dass Sie in einer Epoche landen, in der diese *denarii* bereits in Gebrauch sind.«

Lara betrachtete eine der Münzen, während Fernández die Ledertasche an seinen Gürtel band. Eine Seite zeigte den Kopf der Göttin Rom und ein X[61]. Die Dioskuren[62] zu Pferd über dem Text „ROMA" waren auf der anderen Seite.

»Wenn Sie nach Ihren Namen gefragt werden, sagen Sie dass Sie *Lucius* und *Livia* sind. Sie sind Mann und Frau«, sagte Young.

»Hast du das gehört, *Schatz*?« scherzte Fernández, betonte insbesondere das Wort *Schatz* und gab Lara einen leichten Klaps auf die Hüfte.

»Pfoten weg!« warnte Lara und warf ihm den Todesblick zu.

»Ihre Mission hat zwei Ziele. Erstens«, Young hob den Zeigefinger seiner linken Hand, »schätzen Sie die Folgen des Zeitsprungs für den Menschen ein. Nach Ihrer Rückkehr werden Sie einer vollständigen diagnostischen Untersuchung unterzogen. Zweitens«, der Major hob ebenfalls seinen Mittelfinger, »finden Sie heraus, in welchem Jahr Sie landen werden. Wir haben die Aktivierungssequenz gefunden, aber wir wissen immer

---

[60] Der zweite der drei Kriege zwischen Rom und Karthago wurde zwischen 218 und 201 v. Chr. geführt.

[61] In römischen Ziffern steht das X für die Zahl 10.

[62] Die Zwillinge Castor und Pollux.

noch nicht, wie wir die Größe des Zeitsprungs kontrollieren können. Versuchen Sie daher, das genaue Datum zu erfahren, sobald Sie am Zielort angekommen sind.«

Young sah Morlock wissend an, der mit Leutnant McDougall zu seiner Rechten stand.

»Wir werden unser Bestes geben«, sagte Lara. »Ich bin bereit«, fügte sie wenige Augenblicke später hinzu.

»Ich auch«, bestätigte Fernández.

»Also los, *Godspeed*[63]«, sagte Young.

»Godspeed«, wiederholten Morlock, Watney, McDougall und March.

»Wo ich herkomme, sagen wir eher *In culo alla balena*[64]«, flüsterte Lara Fernández zu, um die Anspannung zu lockern.

»Bizarr... Was antwortet man darauf?«

»Das erzähle ich dir ein andermal«, erwiderte Lara und zwinkerte ihm zu[65].

Wenige Sekunden später bückte sich Fernández vor die Membran des Rings. Er zögerte kurz, dann sprang er hindurch, unmittelbar gefolgt von Lara.

Eine angespannte Stille legte sich in den Raum. Lara und Fernández hatten sich einfach in Luft aufgelöst.

***

Es dauerte ein paar Sekunden bis sich ihre Augen an die Dunkelheit gewöhnt hatten. Nach und nach begannen Lara

---

[63] Wunsch für gute Fahrt und viel Glück.

[64] *Im hinteren Ende des Wals.*

[65] Die Antwort lautet *Speriamo che non caghi*, was so viel bedeutet wie *hoffen wir, dass er nicht scheißt*.

und Fernández, die Objekte um sie herum zu unterscheiden: Bäume, Büsche, Steine. Die Mondsichel stand hoch am Himmel und die Sterne leuchteten so hell wie Diamanten auf einem schwarzen Samttuch.

»Nun, wir leben noch... das erste Ziel unserer Mission ist erfolgreich erreicht!« scherzte Fernández. Er sah viel entspannter aus als vor dem Durchqueren des Rings.

»So einen Sternenhimmel habe ich noch nie gesehen«, flüsterte Lara, die Nase gen Himmel gereckt, überwältigt von der Helligkeit der Sterne. »Großer Wagen... Kleiner Wagen... Draco... Cygnus... Was für eine tolle Show!« Ein Nachtfalter schwebte ein paar Sekunden neben ihr, bevor er in der Dunkelheit verschwand.

»Einer der Nachteile der modernen Welt...« sagte Fernández bitter. »Die Lichtverschmutzung in den Städten des 21. Jahrhunderts lässt uns das Wunder des Himmelsgewölbes nicht genießen. Heutzutage ist eine solche Show nur an sehr abgelegenen Orten wie der Atacama-Wüste zu sehen.«

Lara atmete tief durch, die Augen geschlossen. Die Luft war frisch, eine leichte Brise von Westen streichelte sanft die Blätter der Seekiefern um sie herum. Ein Vogel hob von einem nahen Ast ab und verschwand in der Nacht.

»Die Luft ist so sauber... keine Abgase, keine Verschmutzung.«

»Nur ein leichter Geruch nach verbranntem Holz... Das erinnert mich an die Feuerstellen in den Hütten in Colorado, wenn ich mit den Kindern in den Rockies[66] Ski fahre«, sagte Fernández.

»Zögern wir nicht zu lange. *Porta Collina*[67] sollte in

---

[66] Die Rocky Mountains, ein Gebirgszug im Westen der USA.

[67] *Porta Collina* befand sich am nördlichen Ende der Servianischen Mauer.

dieser Richtung liegen«, sagte Lara und deutete nach Osten. »Wenn wir Glück haben, treffen wir jemanden und finden heraus, welches Jahr wir haben.«

»Ich glaube, ich kann hinter diesen Büschen einen Pfad sehen… Lass uns gehen«, sagte Fernández, während er in diese Richtung ging.

»Ich folge dir.«

***

Der Feldweg führte sie zu einer gepflasterten Straße etwa 100 Meter den Hügel hinunter. Der etwa sechs Meter breite und in Querrichtung leicht konvexe Belag bestand aus polygonalen Basaltplatten, die perfekt nivelliert und aufeinander ausgerichtet waren. Auf beiden Seiten der Straße gab es einige Dutzend Zentimeter tiefe Gräben für die Regenwasserableitung.

Lara war fasziniert von der technischen Perfektion der römischen Straßen und war sich bewusst, dass das immense Netzwerk – etwa 100.000 Kilometer gepflasterte Straßen – eine entscheidende Rolle bei der Entwicklung und Verbreitung der römischen Zivilisation im gesamten Mittelmeerraum gespielt hatte.

Nach ein paar Dutzend Metern erregte eine runde Säule am Straßenrand Laras Aufmerksamkeit.

»Ein *miliarium*!« sagte sie laut, unfähig ihren Enthusiasmus zu unterdrücken. Fast zwei Meter hoch und mit einem Durchmesser von über einem Meter markierte der massive Meilenstein aus Granit die Entfernung in römischen Meilen[68] vom Zentrum Roms. Lara berührte

---

[68] Eine römische Meile entspricht 1000 Schritten (*mille passus*) und ist in etwa 1480 Meter lang.

sanft die Oberfläche der Säule. Sie konnte nicht glauben, dass sie neben einem *miliarium* stand, das in makellosem Zustand und nicht 2000 Jahre alt war.

»Da drüben ist ein Gebäude!« sagte Fernández.

Lara blickte in die Richtung, in die der Marine zeigte, und sah etwa 200 Meter die Straße hinunter ein zweistöckiges Gebäude.

»Schauen wir mal nach«, sagte Lara und entfernte sich vom *miliarium*.

Die Fassade des Gebäudes bestand aus Tuffstein und war bis etwa anderthalb Meter über dem Boden rot gestrichen. Auf einer Tontafel an der Schwelle stand *Salve lucru.*[69] Travertinblöcke säumten die angelehnte Eingangstür aus Hartholz, und einen Lichtstrahl fiel nach draußen. Stimmen von mindestens einem halben Dutzend Männern kamen aus dem Inneren, im Hintergrund das Geräusch von Gläsern und Besteck. Ein Geruch von gedünstetem Fleisch lag in der Luft.

»Ich glaube, es ist eine *popina*[70]«, flüsterte Lara.

»Was ist das?« fragte Fernández und hob leicht die Schultern.

»Eine Art Taverne, die hauptsächlich von Plebejern, *liberti*[71] und Sklaven besucht wird. *Popinæ* werden in der römischen Literatur häufig mit Prostitution, Glücksspiel und Kriminalität in Verbindung gebracht... Gehen wir lieber woanders hin.«

---

[69] *Hallo Reichtum.*

[70] In einer *popina* wurden eine Auswahl an Weinen sowie einfache Speisen wie Brot, Eier, Oliven, Käse, Feigen und Eintöpfe angeboten. Im Gegensatz zu *cauponæ* boten die *popinæ* keine Übernachtungsmöglichkeiten.

[71] *Freigelassene*, ehemalige Sklaven, die die Freiheit erlangt haben (Singular: *libertus*).

Genau in diesem Moment flog die Tür auf und ein kleiner, untersetzter Mann verließ das Gebäude. Mit seinen dicken schwarzen Augenbrauen und der langen Körperbehaarung sah er fast büschelig aus, zumindest nach den Maßstäben des 21. Jahrhunderts. Der Mann, ein mazedonischer *libertus*, warf Lara einen lasziven Blick zu. Als er bemerkte, dass die Frau mit einem Mann zusammen war, der mindestens zwanzig Zentimeter größer als er und deutlich robuster war, senkte er den Blick und ging in die Nacht hinaus, wobei er einen Geruch von Alkohol und Schweiß hinter sich ließ.

»*Peregrini! Venite, venite!*[72]« sprach ein pummeliges Männchen mit freundlichem Blick sie lautstark an. Er stand hinter einem massiven L-förmigen Tresen, der mit Marmorplatten bedeckt war.

Er muss der Wirt der Popina sein, dachte Lara. Der kleine Mann kam auf sie zu und bat sie herzlich herein.

»Zu spät...« flüsterte Lara Fernández zu. Ihre Chance, woanders hinzugehen, war verpasst.

Lara zählte neun weitere Männer und zwei Frauen im Raum. Die beiden Frauen – höchstwahrscheinlich Prostituierte – trugen orangefarbene Togen[73] und bewegten sich sinnlich zwischen den Tischen hin und her und winkten den Männern um sie herum zu. Sechs der neun Männer feuerten sie lautstark mit anerkennenden Rufen und Pfiffen an. Die anderen drei Männer trugen Tuniken aus Rohwolle, ähnlich der von Fernández, und spielten mit Dingen, die für Lara wie Würfel aussahen.

---

[72] *Fremde! Kommen Sie rein, kommen Sie rein!*

[73] Die *toga* (Plural: *togæ*), zwischen 3,7 und 6,1 Meter lang und über die Schultern und um den Körper drapiert, war eine unverwechselbare und formelle Kleidung für römische Bürgermänner. Frauen, die Togen trugen, waren normalerweise Prostituierte.

Die Wände waren mit Fresken von Jagdszenen geschmückt: Wildschweine, Hasen, Rehe, Vögel in verschiedenen Formen und Farben, die von Pfeilen durchbohrt wurden, und Speere, die von jungen Männern in bunten Tuniken geworfen wurden. In einer Ecke des Zimmers sah Lara einen großen Ofen, der wahrscheinlich zum Brotbacken benutzt wurde.

Der pummelige kleine Mann bedeutete ihnen sich zu setzen, und fragte, ob sie etwas trinken oder essen wollten.

»*Olivas et aquam. Et vinum album marito meo*[74]«, bestellte Lara. Der kleine Mann lächelte freundlich und ging zurück zum Tresen. Er holte Oliven aus einem der großen runden Löcher im Tresen und wenige Augenblicke später Wein aus einem anderen.

»Hast du gerade Oliven, Wasser und Wein bestellt?«

»Ja, den Weißwein für dich.«

»Trinkst du nicht?«

»Normalerweise schon«, lächelte Lara. »Doch im republikanischen Rom galt das Trinken von Wein für eine Frau als Verbrechen, das mit dem Tode bestraft wurde, ebenso wie der Ehebruch.«

»Krass! Wieso das?«

»Da sind sich die Gelehrten nicht einig. Die überzeugendste Hypothese ist, dass Männer Angst davor hatten, ihre betrunkenen Frauen in den Armen anderer Männer zu sehen. Anderen zufolge verlieh Wein Wahrsagekräfte. Da es Frauen aber verboten war wahrzusagen, galt eine weintrinkende Frau als Sakrileg. Eine dritte Hypothese verbindet das Trinken von Wein mit dem Risiko von Unfruchtbarkeit und Abtreibung für eine Frau. Jedenfalls wurde dieses Verbot im kaiserlichen Rom aufgehoben.«

---

[74] *Oliven und Wasser. Und Weißwein für meinen Mann.*

»Besser so!«

Der pummelige kleine Mann kam mit Oliven, Wasser und Wein zurück.

»*Falernum*[75]«, sagte er stolz und deutete auf den Wein.

»Was gibt es Neues in Rom?« fragte Lara den kleinen Mann auf Latein. »Wir waren ein paar Jahre weg...«

»Haben Sie die Königin schon gesehen?« fragte der Mann.

»Die Königin?« fragte Lara verwirrt.

»Kleopatra! Wenn Sie Glück haben, können Sie sie sehen, wunderschön in ihren Leinengewändern, in ihrer vergoldeten Sänfte auf dem *Campus Martius* oder im *Forum*, normalerweise während der *hora sexta*[76].«

Laras Augen leuchteten auf. »Ist die Königin schon lange in Rom?«

»Sie ist vor etwa anderthalb Jahren angekommen. Ich werde ihre Parade auf den Straßen Roms nie vergessen... Elefanten, Sphinxe, Statuen der Göttin Isis, Streitwagen voller kostbarer Geschenke, Tänzerinnen in durchsichtigen Seidenkleidern...«

Der kleine Mann seufzte, als er sich an Kleopatras prächtige Parade erinnerte. »Seitdem sind sie und ihr Sohn Gäste in Cäsars Villa am Fuße des *Janiculum*[77].«

»Wir sind dann morgen zur *hora sexta* im *Forum*. Danke für den Tipp«, sagte Lara. Der kleine Mann entfernte sich immer noch von tanzenden Mädchen in durchsichtigen Kleidern bei Kleopatras Parade träumend.

---

[75] *Falernum* war im späten republikanischen Zeitalter beliebt und einer der besten und teuersten Weine der damaligen Zeit.

[76] Das sechste der 12 gleich langen Zeitfenster, in die die Römer die Tagesstunden einteilten. Die *hora sexta* entspricht im März ungefähr der Zeit zwischen 11 und 12 Uhr mittags.

[77] Ein Hügel im westlichen Rom.

»Wir sind im Jahr 44 vor Christus«, flüsterte Lara Fernández aufgeregt zu, während sie eine Olive probierte. »Kleopatra kam 46 vor Christus nach Rom und blieb hier bis zu Cäsars Tod am 15. März 44 vor Christus.«

»Perfekt! Dann ist auch das zweite Ziel unserer Mission erfüllt. Wir können gehen!« feierte Fernández, glücklich, wieder zurück zu können.

»Noch nicht. Wir kennen nur das Jahr. Wenn der Wirt zurückkommt, versuche ich auch Tag und Monat herauszufinden.«

»Okay«, räumte Fernández ein. Er führte das Glas an die Lippen und trank einen Schluck *Falernum.* »Er ist verwässert!« beschwerte er sich und sah angewidert aus.

Lara lächelte. »Die Römer tranken Wein mit Wasser verdünnt. Reiner Wein war den Göttern vorbehalten.«

»*Vultis alea ludere?*[78]« fragte plötzlich einer der drei Männer, die Lara vor wenigen Minuten beim Würfeln gesehen hatte.

Ein Mann mit einer großen Narbe, die seine linke Wange vom Auge bis zum Kinn querte, stand auf und ging auf sie zu, und ein paar Augenblicke später folgten ihm seine beiden Kumpane. Die drei Männer setzten sich an den Tisch von Lara und Fernández, der Mann mit der Narbe neben Lara, die beiden anderen neben Fernández, einer zu seiner Rechten und der andere zu seiner Linken.

»Wir stecken in Schwierigkeiten«, flüsterte Lara Fernández zu, die Angst in ihrer Stimme.

Fernández bewegte seine rechte Hand über den Griff seiner *Glock 19*-Pistole, die unter seiner Tunika verborgen war. Die Befehle von Major Young waren klar: Verwenden Sie die Waffe nur bei Lebensgefahr und nicht zum Töten. Zu diesem Zweck wurden bei den 9-

---

[78] *Möchten Sie Würfel spielen?*

Millimeter-Geschossen die Bleispitzen durch Kunststoffspitzen ersetzt und die Ladung halbiert. Wenn sie auf große Entfernung abgefeuert wurden, waren die Kugeln nicht tödlich.

Der Mann mit der Narbe schüttelte drei *tesseræ*[79] im *fritillus*, einem kleinen Terrakottaglas, und rollte sie dann auf dem Tisch. Seine beiden Kumpels jubelten vor Freude, als die nach oben gerichteten Würfelseiten zwei 5er und eine 6 zeigten. Eine sehr hohe Punktzahl. Fernández vermutete, dass die Würfel manipuliert waren, und rief den Kellner, um das Essen zu bezahlen und zu gehen. Seine rechte Hand war immer noch über der Glock.

Der Mann mit der Narbe reichte Fernández den *fritillus* und forderte ihn auf, die *tesseræ* zu werfen.

Der Wirt näherte sich dem Tisch und sagte: »*Duo denarii.*[80]«

Es geschah alles in einem Augenblick.

Fernández nahm seine rechte Hand von der Glock weg, um ein paar Silbermünzen aus dem Lederbeutel zu nehmen, den er an seinem Gürtel trug. Der Mann zu seiner Linken stach ihn in die Seite, während der Mann zu seiner Rechten nach dem Lederbeutel griff. Die drei Verbrecher stießen sich abrupt vom Tisch ab, eilten zum Ausgang und verschwanden in der Nacht.

Lara sah entsetzt zu, wie Fernández den blutbefleckten Dolch aus seiner Wunde zog, ihn zu Boden fallen ließ und seine linke Hand fest an seine Seite drückte, um die Blutung zu stillen. Ein großer purpurroter Fleck breitete sich über seiner weißen Tunika aus.

Der pummelige kleine Mann rannte auf die Straße und rief nach den Wachen. Die anderen sechs Kunden, die sich

---

[79] *Würfel.*

[80] *Zwei denarii.*

bis dahin nur für die beiden Prostituierten interessiert hatten, rannten davon, gefolgt von den beiden Frauen.

Alles war in weniger als einer Minute passiert.

Lara sprang auf die andere Seite des Tisches, wo Fernández saß. »Wir müssen zurück zum Ring«, sagte sie, während sie ihm beim Aufstehen half und seinen rechten Arm um ihre Schultern legte. Der Marine stöhnte, schaffte es aber aufzustehen.

Sie verließen das Gasthaus, während der Wirt immer noch um Hilfe rief. Fernández knirschte mit den Zähnen und ging Schritt für Schritt auf der gepflasterten Straße weiter. Lara ermutigte ihn und sagte ihm ständig, dass der Ring nicht weit sei. Fernández spürte, wie seine Beine mit jedem Schritt schwächer wurden und ihm wurde schwindelig. Lara stützte ihn, ihr linker Arm umfasste seine Brust.

»Hier ist der Pfad!« verkündete Lara und ermunterte Fernández immer wieder, die letzten hundert Meter zum Ring zu gehen, wobei sein Atem mit jedem weiteren Schritt schwerer wurde.

Sie hatten ein paar Dutzend Schritte auf dem Pfad zurückgelegt, als sie eine Männerstimme hörten, rau und tief, die sie anschrie: »*Sistite!*[81]«

Lara drehte sich um und sah einen Legionär auf der gepflasterten Straße in ihre Richtung rennen.

»Verdammt!« fluchte Lara, beschleunigte das Tempo und schob Fernández den Hügel hinauf. »Komm schon! Wir sind fast da! Eine letzte Anstrengung, bitte...« bat sie ihn. Der Legionär rief ihnen immer wieder zu, sie sollten anhalten, und seine Stimme kam immer näher.

Lara konnte den oberen Teil des Rings hinter einem Busch sehen. Nur noch knapp zehn Meter zu gehen. Sie

---

[81] *Stopp!*

drehte sich wieder um. Der Legionär war nur wenige Dutzend Meter hinter ihnen und gewann an Boden.

Der Ring war gerade noch zwei Meter entfernt. Lara konnte sein gedämpftes Summen hören. Stark schwitzend und mit wild klopfendem Herzen nahm sie ihre letzten Kräfte zusammen und zerrte Fernández mit sich durch den Ring.

14

Rom, U.S. Botschaft
Labor
10. März 2022, 22:01 Uhr

Lara fiel keuchend auf die Knie auf dem Linoleumboden, erschöpft von der Anstrengung, Fernández zu schleppen. Der Marine, dessen rechter Arm immer noch auf ihren Schultern lag, brach über ihr zusammen. Seine linke Hand presste er fest gegen seine Seite, um die Blutung zu stillen, das Gesicht weiß wie ein Laken.

»Er ist verwundet!« rief Lara. »Rufen Sie einen Arzt!«

March und Watney sprangen von ihren Posten und unterstützten Fernández. Während March und Lara ihm halfen, sich mit Marchs Jacke unter dem Kopf auf den Boden zu legen, zog Watney sein iPhone aus der Tasche und wählte schnell eine der Nummern aus seiner Kurzwahl.

»Bringen Sie sofort eine Trage ins Labor! Fernández ist verwundet!« befahl er.

»In seine linke Seite gestochen. Ein Stich. Die Klinge war fünf oder sechs Zentimeter lang. Er hat viel Blut verloren«, rief Lara, um sich am anderen Ende der Leitung verständlich zu machen.

»Ich schicke gleich jemanden!« antwortete die Stimme von Botschafter Harlan, kurz bevor er auflegte.

***

Weniger als eine Minute später knallte die Labortür weit auf und ein junger Pfleger in einem weißen Kittel schob geräuschvoll eine Trage in den Raum.

Der Pfleger, ein kräftiger 29-jähriger New Yorker italienischer Abstammung, stellte sich als Vito De Marchi vor. Der junge Mann mit karottenfarbenem Haar und dicken Sommersprossen im Gesicht legte sofort einen sterilen Verbandmull auf die Wunde, um die Blutung zu stoppen. Mit der Hilfe von March und Watney legte er Fernández sanft auf die Trage und schloss ihn an ein tragbares Beatmungsgerät an. Fernández war kurz davor, das Bewusstsein zu verlieren, seine weiße Wolltunika war blutgetränkt.

»Tür auf, bitte!« rief De Marchi March zu, der dem Befehl sofort Folge leistete.

De Marchi schob die Trage mit Fernández energisch aus dem Labor den Flur zu seiner Linken entlang, gefolgt mit wenigen Schritten Abstand von Lara, Watney und March, der die Labortür gewissenhaft hinter sich abschloss.

Weniger als zwei Minuten waren vergangen, seit Lara und Fernández in die Gegenwart zurückgekehrt waren. Die nächsten fünf würden entscheiden, ob Fernández überleben würde.

15

Rom, 1. Jh. v. Chr. (Datum unbekannt)

Julianus konnte es nicht verstehen.

Ubi sunt perfugæ?[82] fragte er sich verwirrt.

Nur wenige Augenblicke zuvor hatte er sie ein paar hundert *pedes* vor sich gesehen und ihnen erneut befohlen anzuhalten. Plötzlich waren sie verschwunden, kurz nachdem sie durch diesen seltsamen metallischen Ring gegangen waren.

Julianus war ein paar Mal ungläubig um den Ring herumgelaufen, aber von den beiden Fremden war nichts zu sehen. *Ubi latent?*[83] fragte er sich, während er seinen Helm abnahm und nervös mit der rechten Hand durch sein von der Jagd leicht verschwitztes Haar fuhr.

Jenseits des Rings war eine offene Fläche von der Größe eines *actus minimus*[84], und der Boden war größtenteils eben. Rundherum standen Seekiefern und niedrige Lorbeerbüsche. Einer der beiden Ausreißer war verletzt. Sie konnten unmöglich weit kommen.

Er lauschte, bereit, das leiseste Geräusch zu hören... einen abgebrochenen Ast, ein Rascheln, ein Stöhnen. Nichts. Nichts als ein leichtes Summen, wie das eines Insekts, aber konstant in Lautstärke und Intensität.

Unde venit hic sonitus?[85] fragte er sich verwirrt.

---

[82] *Wo sind die Flüchtenden?*

[83] *Wo verstecken sie sich?*

[84] Ein *actus minimus* entspricht 42,2 Quadratmetern.

[85] *Wo kommt dieses Geräusch her?*

Vorsichtig und mit angespannten Ohren näherte er sich dem Metallring. Ja, das Geräusch kam von dort. Eine wässrige Membran vibrierte leicht im Inneren des Rings und verbarg, was sich auf der anderen Seite befand.

Was war das für ein Objekt? Er hatte so etwas noch nie zuvor gesehen… da war er sich sicher. Die Ausreißer waren kurz zuvor ohne zu zögern durchgelaufen, also war es nicht gefährlich, oder?

Julianus berührte mit der linken Hand die an seinem Gürtel befestigte Börse mit den Terrakotta-Statuetten seiner *penates*[86], und flehte schweigend um ihren Schutz. Dann zog er sein *gladius*, holte tief Luft und sprang in den Ring.

---

[86] Schutzheilige einer Familie und ihrer Heimat in der römischen Religion.

16

Rom, U.S. Botschaft
Krankenzimmer
10. März 2022, 22:03 Uhr

Dr. James Frink war 16 Jahre lang an der amerikanischen Botschaft in Rom tätig. Ursprünglich aus Horicon, einer kleinen Stadt im Süden von Wisconsin, hatte er Medizin an der renommierten *Johns Hopkins University School of Medicine* in Baltimore, Maryland, studiert. Den Bart und Schnurrbart mit symmetrischer Präzision geschnitten, mit durchdringenden blauen Augen hinter dicken Brillengläsern mit Metallrahmen, war Dr. Frink ein Fan von Fitness und gesunder Ernährung. Er fuhr jeden Tag mit dem Fahrrad zur Arbeit, unabhängig von Wetter und Temperatur. Die morgendliche Tour – wiederholte er immer wieder wie ein Mantra – gab ihm die nötige Energie, um den Tag zu beginnen. Seit fast zehn Jahren lebte er vegan – er war der Einzige in der Botschaft, der donnerstags in der Cafeteria keinen New York Strip mit Pommes zum Mittagessen hatte.

Weniger als zwei Minuten nach dem Anruf von Botschafter Harlan war Frink im Krankenzimmer. Er trug einen OP-Kittel, eine Maske und Handschuhe und erwartete nervös die Ankunft von Fernández. Er hatte seit mehr als 17 Jahren keine Operationen mehr durchgeführt und war ziemlich angespannt. Seine Arbeit in der Botschaft beschränkte sich auf Impfungen – überhaupt während der Grippesaison im Herbst –, Rezepte – hauptsächlich Schmerz- und Schlafmittel – und ärztliche

Atteste, wenn einer der Botschaftsbeamten krank war. Gewöhnliche Routine. *Bin ich noch zu einer chirurgischen Naht fähig?*, fragte er sich besorgt. Ein Kollege sagte ein paar Jahre zuvor, eine Operation sei wie Fahrradfahren: Einmal gelernt, kann man es immer. *Hoffen wir es,* sagte er sich, um Mut zu machen.

Plötzlich hörte er einen undeutlichen Lärm im Flur, zusammen mit dem Stampfen kurzer, hastiger Schritte und dem kreischenden Geräusch sich nähernder Metallräder. Die Tür sprang auf und De Marchi platzierte die Trage genau unter der 100.000-Lux-Operationslampe, die an der Decke befestigt war.

»Das ist wie Fahrradfahren«, sagte Frink etwas zu laut.

»Wie bitte?« fragte De Marchi verwirrt.

»Nichts, nur ein Sprichwort«, erwiderte Frink und begann, die Wunde zu desinfizieren.

***

Lara und Watney blieben vor dem Krankenzimmer und saßen auf zwei unbequemen braun laminierten Stühlen. Lara war sichtlich erschüttert von dem Vorfall und Watney bot ihr eine Flasche Wasser aus dem Automaten am Ende des Flurs an.

March kehrte gewissenhaft ins Labor zurück.

Dr. Frink kümmerte sich um Fernández, assistiert von De Marchi. Die Operation wurde über drei Stunden später erfolgreich abgeschlossen. Als er fertig war, bedankte sich Frink bei De Marchi für seine Hilfe und sagte mit einem breiten Lächeln, das eine wiedergewonnene Gelassenheit verriet: »Genau wie Fahrradfahren!«

De Marchis Verwunderung über diesen Kommentar war nichts im Vergleich zu dem Schock, den die beiden

Männer erlebten, als ihnen erzählt wurde, was passiert war, während sie mit Fernández beschäftigt waren.

17

Rom, U.S. Botschaft
Labor
10. März 2022, 22:03 Uhr

Ubi est campus?[87]

Julianus sah sich verwirrt um. Er befand sich in einem rechteckigen Raum, komplett weiß: Wände... Boden... Decke... ganz weiß. Keine Fresken, keine farbigen Wände, wie er es von allen *domus* gewohnt war, die er kannte.

Das Licht war hell, aber es kam weder von der Sonne noch von einer Fackel an der Wand. Zwei Röhren hingen von der Decke und strahlten ein intensives Licht aus... ohne Rauch. Er konnte sie nicht anstarren, ohne geblendet zu werden. Licht ohne Feuer: Wie war das möglich?

Niemand war da. Er schwieg einige Augenblicke und lauschte... keine Stimme, kein Geräusch, nur das leichte Summen des Metallrings hinter ihm.

Er hielt sein *gladius* vor sich und sah sich vorsichtig um. Der Raum war leer, abgesehen von einem Metalltisch rechts von ihm und einem Stuhl dahinter.

Auf dem Tisch lagen bizarre Gegenstände, die er noch nie zuvor gesehen hatte. Ihre Farbe war basaltgrau, fast schwarz. Er ging langsam auf sie zu. Eines der Objekte ähnelte in Form und Dicke einer Tontafel, war aber viel größer. Sie stand senkrecht und strahlte ein weiches Licht aus. Auf der hellen Seite der „Tafel“ lag ein weiteres rechteckiges Objekt auf dem Tisch. Buchstaben und

[87] *Wo ist die Lichtung?*

andere ihm unbekannte Symbole waren darauf gemalt – oder vielleicht eingraviert? Links von den „Tafeln“ befand sich ein drittes Objekt, viel kleiner als die beiden anderen und oval. Es erinnerte ihn an einen der Kieselsteine von der Küste seiner Heimatinsel in Illyricum. Eine Art Seil, ebenfalls dunkelgrau, ging von jedem der drei Gegenstände[88] aus, und die drei Seile schienen in die Wand hinter dem Tisch einzutreten, ein Paar *pedes* rechts vom Stuhl. In die Wand führte ein viertes Seil, das mit einer Art großer Kiste[89] unter dem Tisch verbunden war, die die gleiche Farbe wie die anderen drei Gegenstände hatte.

Der Stuhl war ganz anders als die Holz- oder Steinstühle, an die er gewöhnt war. Julianus berührte mit seiner linken Hand den Sitz. Es war weich, bequem, wie ein *culcita*[90].

Am Ende des Raums, parallel zu einer seiner kurzen Seiten, stand der Metallring, den er kurz zuvor durchquert hatte. Die wässrige Membran im Inneren des Kreises vibrierte immer noch leicht. Hinter dem Ring waren weder Seekiefern noch Lorbeerbüsche zu sehen. Nur die Wand. Weiß. Kalt. Anonym. Wie kam er hierher? Was war das für ein Ort?

Auf der anderen kurzen Seite des Raums, gegenüber dem Metallring, war eine Tür. Der Raum hatte keine anderen Türen oder Fenster. Das war der einzige Ein- und Ausgang.

Mit dem *gladius* in der rechten Hand packte Julianus die Türklinke mit der linken, öffnete langsam und sehr vorsichtig die Tür und spähte hinaus.

---

[88] Monitor, Tastatur und Maus (in der Reihenfolge der Beschreibung).
[89] Das Computergehäuse.
[90] Kissen gefüllt mit Heu, Wolle oder Federn.

Rechts und links von ihm ging ein langer Flur ab mit vielen weiteren Türen in beide Richtungen und auf beiden Seiten. An der Decke hingen Röhren, die den Flur erhellten wie am Mittag an einem wolkenlosen Sommertag. Er konnte niemanden sehen oder hören.

Er verließ das Zimmer und schloss die Tür hinter sich. An der Wand rechts neben der Tür hing eine Art Tafel, durchsichtig wie Eis. Er berührte es. Es war weder kalt noch feucht, sondern vollkommen glatt und hart. Darauf waren zwei ihm unbekannte Symbole gemalt, gefolgt von einer Buchstabenfolge in einer Sprache, die nicht Latein war. Das erste der beiden Symbole sah aus wie ein Buchstabe I, das zweite wie ein Buchstabe G.

Die Buchstabenfolge bildete das Wort LABORATORY.

16
LABORATORY

Fortasse laboratorium? Quid autem est IG?[91] fragte sich Julianus und versuchte, der Schrift einen Sinn zu geben.

Er blickte auf die Tür auf der anderen Seite des Flurs, der gegenüber, die er gerade verlassen hatte. An der Wand rechts neben der Tür hing auch eine Tafel. Der Text lautete „MEETING ROOM“, und die beiden Symbole darüber sahen aus wie ein Buchstabe I als erstes und ein Buchstabe S als zweites: IS[92].

---

[91] *Vielleicht Labor? Aber was ist IG?*

[92] Die beiden Symbole bilden tatsächlich die Zahl 15, nicht IS. Julianus hat die sogenannten arabischen Zahlen nie gesehen, da diese erst im 10. Jahrhundert nach Europa eingeführt wurden.

Barbara lingua[93], dachte er.

Wo war er? Wer waren diese *barbari*[94]? Wo kamen sie her?

Plötzlich hörte er Schritte zu seiner Linken. Hastige Schritte... nur eine Person... höchstwahrscheinlich schwer. Wer auch immer er war, der Fremde kam schnell näher und würde in ein paar Sekunden um die Ecke biegen und ihn sehen.

Kampf oder Flucht? Das Ende des Flurs war mehrere Dutzend *pedes* weit entfernt, und er hatte nur sein *gladius*. Der Überraschungsfaktor war zu seinen Gunsten, aber der Fremde konnte einen Speer oder einen Bogen haben und ihn leicht abschießen, bevor er in der richtigen Reichweite war, um sein *gladius* zu benutzen.

Besser verstecken, aber wo? Er berührte die Klinke der Tür vor ihm, die mit „MEETING ROOM" gekennzeichnet war. Sie war verschlossen.

Zurück in den Raum, wo der Ring war? Der Fremde war wahrscheinlich auf dem Weg dorthin.

Julianus sah sich hektisch um, das Adrenalin schärfte seine Sinne. Ein Dutzend *pedes* rechts von ihm führte eine Treppe ins darüber liegende Stockwerk.

Ohne weiter zu zögern, lief Julianus in diese Richtung, sprang die ersten beiden Stufen der Treppe hinauf und drückte sich gegen die linke Wand, gerade noch rechtzeitig, um von dem *barbarus*, der gerade um die Ecke bog, nicht gesehen zu werden.

Julianus hörte auf zu atmen, die Ohren angespannt, sein *gladius* fest in der rechten Hand, bereit zuzuschlagen, falls der Fremde zu der Treppe kommen würde, wo er sich versteckte.

---

[93] *Barbarische Sprache.*

[94] *Barbaren* (Singular: *barbarus*).

Die Schritte kamen näher, jetzt fünfzehn, vielleicht nur noch zehn *pedes* entfernt. Dann hörten sie auf. Julianus hörte, wie sich eine Tür öffnete, noch ein paar Schritte, die Tür schloss sich. Es klang, als hätte der Fremde den Raum mit dem Ring betreten.

Julianus wartete. Er hörte etwas rollen, dann einen dumpfen Schlag. Der Fremde hatte wahrscheinlich den Stuhl verschoben und Platz genommen. Sekunden vergingen.

Plötzlich durchbrach ein Schrei die Stille: OMMAIGOD! [95]

Die Tür schlug heftig zu und eilige Schritte liefen schnell zum anderen Ende des Flurs. Der Fremde eilte dorthin zurück, wo er hergekommen war. Er hatte etwas Schockierendes entdeckt. Wusste er von Julianus? Höchstwahrscheinlich tat er es und rannte um Hilfe. Es war eine Frage von Sekunden, bis der Flur voller Barbaren war. Julianus musste so schnell wie möglich da raus.

Sobald der *barbarus* weit genug entfernt war, kletterte Julianus schnell die Treppe hinauf, sein *gladius* bereit zuzuschlagen, falls jemand im Stockwerk darüber lauerte.

Bevor er die letzte Stufe auf der Treppe erreichte, neigte Julianus vorsichtig den Kopf nach vorne: ein Flur, der mit dem im Erdgeschoss identisch war, erstreckte sich in beide Richtungen, links und rechts. Zu seinem Glück war niemand zu sehen.

Direkt vor der Treppe war eine weiße Tür, genau wie die Türen im Erdgeschoss. In der Mitte stand eine Inschrift, „LADIES“. Das Wort sagte ihm nichts.

Er senkte die Klinke und öffnete die Tür. Er schlüpfte hinein und schloss die Tür lautlos hinter sich.

Der Raum, den er betrat, war verlassen. An der rechten

---

[95] *Oh, my God! (Oh, mein Gott!)*

Wand hing ein etwa zwei mal vier *pedes* großer Spiegel über einem weißen ovalen Waschbecken. Aus dem Loch in der Mitte der Spüle führte ein Metallrohr senkrecht nach unten, machte eine Kehrtwendung und eine weitere Drehung um 90 Grad und durchdrang dann die Wand dahinter. An der Wand hingen zwei kastenartige Gegenstände, ein kleineres links vom Spiegel, das andere, etwa dreimal so groß, rechts. Die kleinere Schachtel war fast durchsichtig und zu etwa zwei Dritteln mit Flüssigkeit[96] gefüllt.

Links von ihm befanden sich zwei Sitze, möglicherweise zwei *latrinæ*[97], obwohl es vorne keine Öffnung gab. Die beiden Sitze waren nicht nebeneinander, wie Julianus es in den öffentlichen Bädern gewohnt war, sondern durch ein Holzbrett getrennt, und jede der beiden Kabinen hatte eine eigene Tür.

Am Ende des Raumes, gegenüber der Tür, war ein Fenster, dessen Glas oben offen war wie ein Buch. Von unten hörte er verschwommene Stimmen von zwei oder drei Personen, darunter eine Frau, und das Schlurfen ihrer Schritte. Sie sprachen kein Latein, aber einige Wörter klangen vertraut.

Julianus wartete etwa eine Minute, bis die Stimmen verklungen waren, ging dann zum Fenster und spähte nach draußen, wobei er darauf achtete, nicht gesehen zu werden. Die Straße darunter war ein paar *perticæ*[98] breit und schien

---

[96] Obwohl das Baden in den *termæ* für die Römer eine grundlegende Hygienepraxis und eine wichtige soziale Aktivität war, verwendeten sie keine Seife als Waschmittel, sondern Bimsstein, feinen Ton, Soda oder Spreu aus Bohnenmehl. Nach dem Baden massierten sie den Körper mit Olivenöl. Flüssigseife ist eine relativ neue Erfindung, die 1865 vom Amerikaner William Sheppard patentiert wurde.

[97] *Toiletten.*

[98] Eine *pertica*, bestehend aus 10 *pedes*, entspricht 2,964 Metern.

menschenleer.

Auf dem zweistöckigen, terrakottafarbenen Gebäude auf der gegenüberliegenden Seite hingen drei Fahnen, die er noch nie zuvor gesehen hatte. Die erste war blau mit einer Reihe goldgelber Punkte – vielleicht Sterne – die einen Kreis in der Mitte bildeten. Die zweite hatte drei vertikale Streifen, grün, weiß und rot. Die dritte war weiß und durch ein großes rotes Kreuz in vier Quadranten geteilt, wobei in jeden Quadranten ein schwarzer Kopf gemalt war[99].

Ein dünnes Eisengitter mit einer Maschenweite von weniger als einem halben *digitus*[100] schirmte das Fenster ab. Mit ein paar Schlägen mit seinem *gladius* entfernte Julianus leicht und fast geräuschlos das Gitter. Er legte das Gitter unter das Fenster und steckte sein *gladius* in die Scheide. Dann stemmte er sich mit aller Kraft auf die Fensterbank, sprang ins Leere und landete auf dem Rasenstreifen etwa zehn *pedes* tiefer.

---

[99] Die 3 Flaggen sind jeweils: die Flagge der Europäischen Union, die italienische Flagge und die sardische Flagge, auch *Vessillo dei Quattro Mori (Flagge der vier Mauren)* genannt. An der Ecke Via Boncompagni und Via Lucullo befindet sich die *Banco di Sardegna (Bank von Sardinien)*.

[100] Ein *digitus* entspricht einem Sechzehntel eines *pes* und ist ca. 1,85 Zentimeter.

18

Rom, U.S. Botschaft
Major Youngs Büro
10. März 2022, 22:06 Uhr

March klopfte energisch an die Tür. Sobald Major Young ihn hereingelassen hatte, betrat er das Büro und nahm Haltung an. Sein Gesichtsausdruck zeigte eine Mischung aus Unglauben und Bestürzung.

»Major, *sir*! Wir haben ein Problem!«

»Was ist sonst noch passiert?« zischte Young, sichtlich aufgebracht.

»Die Videoüberwachung im Labor, *sir*… Nach ihrer Rückkehr brachten Watney und ich Sergeant Fernández und Dr. Mellini in die Krankenstation. Auf Ihren Befehl hin wurde jedoch die gesamte Operation gefilmt.«

»Ja, und?«

»Nun... ein paar Sekunden, nachdem wir das Labor verlassen hatten, ist etwas passiert...« March zögerte einen Moment, dann fuhr er fort: »Ähm... eine dritte Person hat das Portal durchquert... ein römischer Legionär, wie es scheint...«

»WAS?« Young bellte und sprang auf. Er schnappte sich den Hörer des Avaya-Telefons auf seinem Schreibtisch und rief hinein: »Lieutenant Flynn, holen Sie Ihre Männer! Patrouillieren Sie die Ausgänge! Suchen Sie überall nach einem Mann, der als römischer Legionär verkleidet ist! Er wurde zuletzt vor ein paar Minuten in Zimmer Nummer 16 gesehen. Finden Sie ihn!« Er legte auf, ohne eine Antwort abzuwarten, dann befahl er: »March, kommen Sie mit! Ich will das Video sehen!«

19

Rom, Ludovisi Viertel
10. März 2022, 22:06 Uhr

»Was für ein toller Abend!« sagte Valeria und rieb sich zufrieden die Hände. »Die letzten Wochen an der Uni waren anstrengend. Abzuschalten war genau das, was ich brauchte!«

Sie sprach mit ihrem Bruder Carlo, während sie die Via Sicilia hinuntergingen. Sie waren auf dem Heimweg nachdem sie sich mit ein paar Freunden auf eine Pizza getroffen hatten.

»Die Zucchiniblüten[101] von Giggetto sind unschlagbar! Du kannst dir nicht vorstellen, wie lange ich davon geträumt habe!«

»Auch ihr Büffelmozzarella ist unglaublich!« sagte Carlo und leckte sich die Lippen bei der Erinnerung an die *treccia*[102], die er vor einer Stunde gegessen hatte. »Laut Alessandro werden sie im Caseificio[103] Ponte di Legno in der Nähe von Frosinone hergestellt.«

»Ich habe davon gehört... Es ist in Amaseno[104], wenn ich mich nicht irre. Man sagt, es sei eine der besten Käsereien Italiens.«

Sie bogen nach links ab und nahmen die Via Piemonte.

---

[101] Gebraten und gefüllt mit geschmolzenem Mozzarella-Käse und Sardellen sind Zucchiniblüten (*fiori di zucca* auf Italienisch) eine typische römische *antipasto* (Vorspeise).

[102] Geflochtener Mozzarella.

[103] *Käserei.*

[104] Stadt in der Nähe von Frosinone, etwa 100 km südöstlich von Rom.

Die Luft war frisch und ein leichter *ponentino*[105] senkte die gefühlte Temperatur um ein paar Grad. Valeria zog den Reißverschluss ihrer schwarzen Lederjacke ganz hoch, steckte ihre Hände in die Taschen ihrer Jeans und begann von der angenehmen Wärme ihres Bettes zu träumen, das nicht allzu weit entfernt war.

Valeria Betti, 26 Jahre alt, stand kurz vor dem Abschluss ihres Medizinstudiums. Noch ein paar Monate, und sie würde ihre Masterarbeit über Hirntumore fertigstellen. Sie war immer eine ausgezeichnete Schülerin gewesen, leidenschaftlich und fleißig. 162 Zentimeter groß, 53 Kilo schwer, schulterlanges lockiges braunes Haar und intensiv grüne Augen. Valeria war das typische nette Mädchen von nebenan. Ein Hauch Rouge, um ihre hohen Wangenknochen zu betonen, ein bisschen Lidschatten, um ihre großen jadefarbenen Augen zu unterstreichen, und der allgegenwärtige erdbeerfarbene Lipgloss auf ihren Lippen – Valeria brauchte nie länger als ein paar Minuten, um Make-up aufzutragen.

Ihr zwei Jahre jüngerer Bruder Carlo studierte Bauingenieurwesen. Er hatte die gleichen braunen Locken wie seine ältere Schwester, obwohl sie viel kürzer geschnitten waren. Seine Augen waren tiefblau, wahrscheinlich von seiner Mutter geerbt. Carlo war mit 181 Zentimetern ziemlich massig gebaut, obwohl er definitiv nicht dick war. Sieben Jahre zuvor hatte er gegen einen Gehirntumor gekämpft, einen Kampf, den er nach einer über neunstündigen Wunderoperation gewann. Es war seine Krankheit, die Valeria veranlasste, sich an der Fakultät für Medizin und Chirurgie einzuschreiben und sich später auf Onkologie zu spezialisieren.

Obwohl sie nicht gefeit waren gegen die für jedes

[105] Westwind, sehr verbreitet in Rom.

Geschwisterpaar typischen Streitereien und Zänkereien, waren Valeria und Carlo unzertrennlich, besonders nach Carlos Krankheit. Valeria hatte wenige Monate zuvor die elterliche Wohnung im *Rione Esquilino*[106] verlassen und war zu ihrem Bruder in eine Zweizimmerwohnung in der Via Firenze gezogen, wo Carlo bereits seit einigen Monaten wohnte.

»Welches ist deine Lieblingspizzeria?« fragte Carlo, als sie die Via Boncompagni überquerten. »Hier in Rom, meine ich.«

»Bis vor ein paar Jahren hätte ich das *Cavallino Rosso* in der Nähe von Mamas und Papas Haus gesagt. Seit der neuen Leitung bevorzuge ich aber das *Giggetto Il Re della Pizza* in der Via Alessandria, wo wir heute Abend waren.«

»Einverstanden. Schließlich muss es einen Grund geben, warum man ihn *il re della pizza*[107] nennt, oder?« Carlo lächelte.

Die beiden Geschwister gingen weiter in schnellem Tempo die Via Piemonte hinunter. Sie hatten gerade die Via Sallustiana überquert und befanden sich wenige Meter rechts vom Kirchhof von San Camillo de Lellis, als ein plötzliches Bremsenquietschen, gefolgt von einem heftigen Knall, die Stille des Abends durchbrach.

---

[106] *Distrikt Esquilin.* Der *Esquilin* ist einer der sieben Hügel Roms.
[107] *Der König der Pizza.*

20

Rom, Via Lucullo
10. März 2022, 22:08 Uhr

Julianus richtete sich schnell auf. Abgesehen von einer leichten Verletzung am linken Arm knapp unterhalb des Handgelenks und einer Prellung des rechten Knies durch den Aufprall auf den Boden hatte der Sprung aus dem zweiten Stock keine nennenswerten Folgen für ihn. Während seines langen Militärlebens war er weitaus größeren Risiken ausgesetzt gewesen als diesem.

Er sprang über den niedrigen Metallzaun, der die Wiese begrenzte, auf der er gelandet war, überquerte schnell die leere Straße und lief bergab, wobei er das Gebäude umging, dem er gerade entkommen war.

Der Untergrund war sehr uneben, bemerkte Julianus. Anstelle der Straßen mit perfekt geebneten und ausgerichteten Kalk- oder Basaltsteinen, die er gewohnt war, war die Straße hier eine einheitliche dunkelgraue Schicht mit schwarzen Flecken hier und da. Es waren keine Spuren von Wagenrädern zu sehen, so dass Julianus vermutete, die Straße wäre hauptsächlich für den Fußgängerverkehr bestimmt.

Obwohl die Straße so schlecht gepflastert war, schienen die *insulæ*[108] entlang der Straße solide, elegant und in

---

[108] Die *insula* (Plural: *insulæ*) waren Wohngebäude im alten Rom. Im Erdgeschoss befanden sich normalerweise Läden (die *tabernæ*), während in den oberen Stockwerken Wohnungen mit in der Regel

ausgezeichnetem Zustand zu sein.

Eine Reihe gleichmäßig verteilter Masten, die von Lampen ohne Feuer gekrönt wurden, warf Lichtstrahlen auf die Straße. Eine Metallplatte im Pflaster[109] erregte Julianus' Aufmerksamkeit. In der Mitte stand die Inschrift „S.P.Q.R.". *Senatus PopulusQue Romanus*. Der Senat und das Volk von Rom. Julianus verweilte einen Moment verwirrt neben der Platte. Dann rannte er davon, wohl wissend, dass die *barbari* ihn jederzeit entdecken konnten.

Julianus wandte sich nach links. Eine fünfstöckige *insula* stand nun zwischen ihm und dem Gebäude, aus dem er geflohen war, und verbarg ihn vor möglichen Verfolgern. Auf einer Tafel an der *insula* stand VIA SALLUSTIANA. Julianus dachte sofort an Gaius Sallustius Crispus, den Statthalter der Provinz *Africa Nova*, der mit ihm im *Bellum Civile* gegen die Pompejaner gekämpft hatte. Julianus runzelte die Stirn und schüttelte leicht den Kopf, als wolle er einen verrückten Gedanken verwerfen.

Er lief in der Mitte der Via Sallustiana weiter. Über dem Haupteingang der *insula* zu seiner Linken hingen zwei der drei Fahnen, die er schon auf der vorherigen Straße gesehen hatte: die blaue mit den goldenen Sternen – ja, es waren tatsächlich Sterne, keine Punkte – und die mit den grünen, weißen und roten Streifen. Dreißig oder mehr hellgraue Metallkästen[110] waren an der Fassade der *insula* befestigt, jeder von ihnen direkt unter einem Fenster. Julianus konnte nicht ahnen, dass diese Kästen in den heißen Sommermonaten für angenehme Frischluft sorgen

---

jeweils drei bis zehn Zimmern untergebracht waren, deren Wert mit zunehmender Höhe abnahm.

[109] Ein Gullydeckel.

[110] Die Kästen sind die Ventilatoren der Klimaanlagen.

konnten.

Auf der rechten Straßenseite waren seltsame Metallwagen[111] in verschiedenen Farben, meist in sanften Tönen, geparkt. Jeder der Wagen sah aus wie ein Kasten, mit Passagiersitzen im Inneren, die durch Front-, Seiten- und Heckfenster geschützt und von einem Metalldach bedeckt waren. Die Räder waren nicht aus Holz, sondern aus einem weicheren, dunkelgrauen Material. Keiner von ihnen hatte vorne Vorrichtungen zum Anhängen von Pferden.

Julianus rannte weiter und bog nach rechts auf eine andere Straße ab. Andere Wagen waren auf beiden Seiten geparkt. Auch auf dieser Straße gab es keine Spurrillen von Rädern.

Julianus legte schnell ein paar Dutzend *pedes* zurück, wobei er sich auf der rechten Seite der Straße hielt, und erreichte eine Kreuzung. Er ignorierte schnell die Straße zu seiner Rechten, die ihn zu der Stelle zurückgebracht hätte, von der er weggelaufen war. Er wollte gerade den Weg zu seiner Linken nehmen, als ein Schriftzug auf der *insula* zwischen dem Mittelweg und dem linken Weg seine Aufmerksamkeit erregte.

QVAE VRBEM SERVAVERVNT
HIC MOENIA SERVANTVR[112]

Julianus näherte sich der Schrift und erreichte die Mitte der Kreuzung.

Urbs war der Begriff, mit dem die Römer Rom bezeichneten. Doch diese Stadt konnte nicht Rom sein, da war sich Julianus sicher. Die Unterschiede waren einfach

[111] Die Metallwagen sind natürlich Autos.
[112] *Dies sind die Mauern, die die Urbs retteten.*

zu groß… Die Straßen, die Gebäude, die Fahnen. Nahezu alles. Warum nannten diese Barbaren ihre Stadt *Urbs*? Wollten sie der Macht und Pracht Roms nacheifern? Wahrscheinlich schon, dachte Julianus.

Unterhalb des Schriftzuges standen die Ruinen einer Mauer aus einer Schicht von Ziegeln, die von größeren Kalksteinblöcken gekrönt wurde. Die Mauer endete an der linken Straße, in die Julianus gerade einbiegen wollte, setzte sich dann auf der anderen Seite fort und drang in die gegenüberliegende *insula* ein.

Plötzlich hörte Julianus ein sich schnell näherndes Rumpeln zu seiner Rechten, und einen Moment später blendeten ihn zwei weiße Lichtstrahlen. Die Strahlen bewegten sich schnell die Straße hinunter und waren bedrohlich auf ihn gerichtet.

21

Rom, Via Antonio Salandra
10. März 2022, 22:09 Uhr

Die Musik voll aufgedreht, die die Scheiben des alten, orangefarbenen VW-Käfers von 1984 vibrieren ließ, wartete Simone Di Sardo ungeduldig darauf, dass die Ampel zwischen der Via Pastrengo und der Via XX Settembre auf grün schaltete, während er mit den Fingern seiner rechten Hand rhythmisch auf das Lenkrad klopfte. Zu seiner Rechten stand der imposante Palazzo delle Finanze, der heutige Sitz des Wirtschafts- und Finanzministeriums.

Er hatte den Tag mit seinen alten Freunden verbracht, minderwertiges Bier getrunken und das Marihuana geraucht, das ihm sein Freund Lele besorgt hatte.

Nachdem er im Januar zwanzig geworden war, verließ Sim – wie ihn seine Freunde nannten – die Schule nachdem er zwei Mal in Folge durchgefallen war. Seitdem verbrachte er die meiste Zeit seiner Tage mit Trinken und Rauchen im Haus von Lele. Im Jahr zuvor war er wegen eines versuchten Raubüberfalls verhaftet worden. Dank des raschen Eingreifens seines Vaters, eines bekannten Anwalts, der die richtigen Leute kontaktierte und mit ein paar Anrufen die sofortige Freilassung seines Sohnes erreichte, konnte er einer Haftstrafe entgehen. Seitdem hatte Sim seinem Vater geschworen, sich von Ärger fernzuhalten.

Endlich schaltete die Ampel auf Grün. Sim fuhr los, überquerte die Via XX Settembre und beschleunigte die

Via Salandra hinunter.

Er fluchte laut, als die Noten des letzten Liedes verklangen und die Nachrichten im Radio verkündet wurden.

Er kramte hektisch im Handschuhfach nach seinem USB-Stick. Auf dem Stick befanden sich mehr als tausend Lieder im MP3-Format, sicher würde er etwas Besseres als die Nachrichten finden, das er sich anhören konnte.

Wo ist der verdammte Stick? Sim senkte den Blick auf das Handschuhfach und beugte sich vor, kramte mit der rechten Hand nervös im Fach herum während die linke immer noch das Lenkrad festhielt. Zwei leere Zigarettenschachteln, die wer weiß wann geraucht worden waren, eine Straßenkarte aus dem Jahr 2012, ein paar vergilbte Blätter mit handschriftlichen Notizen, ein gebrauchtes Taschentuch – *ekelhaft!* –, eine Packung Bonbons, die 2016 abgelaufen war, ein blauer Kugelschreiber ohne Kappe. Nichts, der Stick war nirgends zu finden.

Aus dem linken Augenwinkel sah er plötzlich eine Bewegung mitten auf der Straße. Er drehte den Kopf und sah einen Mann, der wie ein römischer Legionär gekleidet war, mitten auf der Straße stehen, seine schockstarren Augen auf die Scheinwerfer des Käfers gerichtet, der nur wenige Meter von ihm entfernt war.

Sims Reaktion war impulsiv. Sein rechter Fuß trat auf das Bremspedal und der Käfer blieb abrupt stehen. Die Räder blockierten, die Reifen verloren die Bodenhaftung und rutschten auf dem Kopfsteinpflaster, wobei zwei schwarze Reifenstreifen auf der Fahrbahn zurückblieben. Der Käfer schleuderte nach links und berührte einen dort geparkten roten Daewoo Lanos. Sim schloss die Augen, packte das Lenkrad fester, seine Knöchel weiß vor

Anstrengung, und er bereitete sich auf den Aufprall vor.

Einen Moment später traf der Käfer den Legionär mit einem metallischen Aufprall auf der rechten Seite. Der Körper des Mannes wurde durch die Luft geschleudert und fiel ein paar Meter die Straße hinunter, nahe der Kreuzung mit der Via Carducci.

Sim schlug mit dem Kopf heftig gegen die Windschutzscheibe – die Sicherheitsgurte waren schon vor einigen Jahren gerissen –, verlor aber nicht das Bewusstsein. Er berührte seine Stirn mit der rechten Hand: kein Blut. Abgesehen von dem heftigen Schlag gegen den Kopf, der ihm sicherlich eine große Beule verschaffen würde, war er nicht verletzt.

Noch immer benommen von dem Aufprall, betrachtete Sim den Körper des Mannes, den er gerade angefahren hatte und der immer noch auf der Straße lag.

Er trank und rauchte Marihuana... er würde sowohl bei Alkohol- als auch bei Drogentests positiv getestet werden. Die neuen Gesetze zur Tötung im Straßenverkehr würden ihn direkt ins Gefängnis bringen, und sein Vater würde es dieses Mal nicht verhindern können.

Er sah sich um. Es schien keine Zeugen zu geben. Keine Fußgänger oder Autos auf den nahe gelegenen Straßen, niemand an den Fenstern der umliegenden Gebäude.

Im Bruchteil einer Sekunde traf Sim seine Entscheidung. Er verließ die Kreuzung, nahm die Via Piemonte und bog sofort links in die Via Sallustiana in Richtung Via Bissolati ab, um sich so weit wie möglich von der Unfallstelle zu entfernen. Sein Freund Max war Mechaniker und würde das Auto sicher reparieren und alle Beweise für den Vorfall in dieser Nacht beseitigen.

In der Hitze des Gefechts schaute Sim nicht in den Rückspiegel. Sonst hätte er einen großen jungen Mann neben einem lockigen Mädchen bemerkt, der mit seinem Smartphone ein Foto vom Nummernschild des Käfers machte.

22

Rom, U.S. Botschaft
Labor
10. März 2022, 22:09 Uhr

Major Young starrte schweigend auf den Computermonitor und lehnte sich an die Schreibtischkante, die er wütend mit beiden Händen festhielt. Er sah sich den Videoclip zum zweiten Mal an: Ein kleiner Mann, seiner Kleidung nach ein römischer Legionär, tauchte plötzlich aus dem Ring auf, schaute sich verwirrt und mit gezogenem Schwert um, näherte sich dem Schreibtisch, an dem Young jetzt stand, betrachtete neugierig die darauf befindlichen Gegenstände – Monitor, Tastatur und Maus –, ging dann vorsichtig zur Tür und verließ das Sichtfeld der Kamera. Nach ein paar Sekunden war das Geräusch der sich öffnenden Tür zu hören, kurz darauf das sanfte Schließen der Tür. Die gesamte Videosequenz dauerte weniger als eine Minute.

Man hörte Marines auf dem Flur schreien und eine Tür nach der anderen öffnen, um nach dem Legionär zu suchen. Offensichtlich hatten sie ihn noch nicht gefunden.

Young wandte sich an Lara, die sich in der Zwischenzeit zusammen mit Watney zu ihm und March ins Labor begeben hatte.

»Gibt es etwas, das Sie mir nicht gesagt haben, Dr. Mellini?« zischte Young.

»Ja, Major«, gestand Lara reumütig. »Nachdem Sergeant Fernández erstochen wurde, hat der Wirt die Wachen gerufen.«

Lara machte eine kurze Pause und ließ die Bilder jener hektischen Momente, die sich nur wenige Minuten zuvor abgespielt hatten und doch mehr als 2000 Jahre zurücklagen, noch einmal deutlich vor ihren Augen aufleben.

»Der Mann, der Fernández erstochen hatte, stürmte aus dem Gasthaus, gefolgt von seinen beiden Kumpels. Die anderen Gäste rannten weg, sobald der Wirt die Wachen rief. Ich schnappte mir Fernández und wir rannten gemeinsam zum Ring.«

Lara wischte sich mit dem Ärmel über die schweißnasse Stirn und fuhr dann fort. »Wir waren nur noch gut 50 Meter vom Ring entfernt, als wir einen Mann hörten, der uns zurief, wir sollten anhalten. Ich drehte mich um und sah ihn. Er war fast 300 Meter hinter uns. Trotz der Dunkelheit konnte ich erkennen, dass es ein Legionär war. Und er holte schnell auf.«

»Fernández verlor viel Blut, seine Beine waren zittrig. Mit jedem Schritt spürte ich seine Last mehr auf mir. Kurz bevor wir den Ring durchquerten, drehte ich mich ein letztes Mal um. Der Legionär war nicht mal mehr 50 Meter entfernt. Für einen Sekundenbruchteil sah ich seinen Blick, stolz und entschlossen. Er war sich sicher, dass er uns hatte.«

»Eine Sekunde später waren Fernández und ich hier. In der Hektik der folgenden Minuten, als Fernández in den Behandlungsraum gebracht wurde, dachte ich nicht mehr an den Legionär. Ich hätte Ihnen sagen sollen, dass Sie den Ring sofort deaktivieren sollen, aber ich habe es nicht getan. Und jetzt ist dieser Mann hier. Und es ist meine Schuld.«

Lara senkte den Kopf, erschüttert von der Verantwortung für die möglichen Folgen ihrer

Nachlässigkeit.

Ein Schrei durchbrach plötzlich die schwere Stille im Raum.

»Major, hier! Zweiter Stock, Damentoilette!«

Young stürmte aus dem Zimmer gefolgt von March und Watney. Die drei Männer rannten die Treppe hinauf, gefolgt von zwei mit Gewehren bewaffneten Marines. Lara blieb allein im Raum zurück und starrte auf den Computermonitor, der in einer Endlosschleife die Bildfolge wiederholte, die Young gerade gesehen hatte.

»Haben Sie ihn gefunden? Wo ist er?« fragte Young von der Schwelle der Damentoilette aus.

»Das Fenster ist offen, das Metallgitter ist abgesägt«, sagte der Soldat, der sie gerufen hatte. »Er ist weg«, fügte er hinzu und deutete auf das Fenster hinter sich.

»Verdammt noch mal!« schimpfte Young, knirschte mit den Zähnen und ballte vor Wut die Fäuste. »Raus hier! Verfolgen Sie ihn! Er kann nicht weit sein! Finden Sie ihn und bringen ihn hierher zurück! Lebendig!« bellte er, rot im Gesicht vor Wut.

Ein halbes Dutzend Marines stürmte auf den Korridor hinaus, eilte die Treppe hinunter und erreichte nach etwas mehr als einer Minute den Ausgang in der Via Boncompagni, Ecke Via Lucullo.

23

Rom, Via Piemonte, Ecke Via Sallustiana
10. März 2022, 22:11 Uhr

Dem Aufprall folgte ein metallisches Klirren, als hätte ein Auto einen Metallbehälter getroffen und ihn geräuschvoll auf dem Pflaster rollen lassen.

Valeria und Carlo standen in der Nähe der Kirche von San Camillo de Lellis, als sie an der Kreuzung mit der Via Carducci einen alten rötlichen VW Käfer entdeckten. Einen Moment später raste der Käfer aus der Kreuzung und fuhr auf sie zu. Wenige Meter vor ihnen bog er rücksichtslos nach links ab – die Hinterräder schleuderten –, fuhr in die Via Sallustiana und verschwand in der Nacht in Richtung Via Veneto.

Weder Valeria noch Carlo konnten den Fahrer sehen, der in die entgegengesetzte Richtung blickte und sich voll auf die scharfe Kurve konzentrierte. Carlo gelang es jedoch, sein Samsung S7 aus der Gesäßtasche seiner Jeans zu holen und ein Foto von dem Käfer zu machen. Das Nummernschild war trotz des schwachen Lichts der Straßenlaternen gut zu erkennen.

Carlo hatte sein Smartphone noch nicht wieder in die Tasche gesteckt, als Valeria ihn am Arm packte und zur Unfallstelle drängte. Die beiden Geschwister legten in wenigen Sekunden die fünfzig Meter bis zur Kreuzung mit der Via Carducci zurück. Als sie das südliche Ende der Via Piemonte erreichten, sahen sie die Leiche eines Mannes auf dem Boden liegen, offenbar leblos.

Ein halbkugelförmiger Eisenhelm bedeckte seinen

Kopf, einen Teil seines Nackens und seine Wangen mit zwei faltbaren Seitenklappen. Ein dichtes Netz aus Metallringen mit jeweils einen Durchmesser von weniger als einem Zentimeter bedeckte eine rote Tunika aus Schurwolle, die knapp über den Knien endete. Links an einem breiten Ledergürtel um seine Taille waren ein kleiner Lederbeutel und ein Schwert in einer Scheide befestigt. Er trug kurze Lederstiefel mit Schnürsenkeln, aber ohne Socken. Seine Beine waren nackt.

»Oh mein Gott!« rief Carlo beim Anblick des Mannes.

»So ein Mistkerl! Er hat ihn angefahren und ist abgehauen!« sagte Valeria, kniete sich links neben den Mann und fasste mit Zeigefinger und Daumen sein linkes Handgelenk, um seinen Puls zu messen.

»*È **morto**?*[113]« fragte Carlo mit besorgter Stimme. Ein paar Sekunden verstrichen. Valeria war immer noch über den Körper gebeugt, hielt seine Hand und fühlte den Puls.

»Nein, er atmet«, sagte das Mädchen schließlich. »*Il battito è debole, ma **regolare**.*[114]«

»Gott sei Dank!« sagte Carlo erleichtert. »Nach seiner Kleidung zu urteilen, muss er einer der Zenturionen sein, die in den Kaiserforen[115] Fotos mit Touristen machen... Es gehört allerdings eine Menge Mut dazu, bei so einem kalten Wetter ohne Hosen herumzulaufen...«

»*Mamma mia*, wie schwer das Zeug ist!« beschwerte sich Valeria, während sie eine Klappe seiner *lorica hamata* anhob. »Das wiegt mindestens zehn Kilo!«

Valeria und Carlo sahen nicht, wie Julianus' rechter Arm sich langsam, Millimeter für Millimeter, zwischen

---

[113] *Ist er tot?*

[114] *Der Puls ist schwach aber regelmäßig.*

[115] Eine Reihe von monumentalen öffentlichen Plätzen, die das Zentrum des Römischen Reiches bildeten.

dem Pflaster und seinem Unterleib bewegte und dem Griff seines *gladius* immer näher kam.

***

Julianus erinnerte sich an zwei intensive Lichtstrahlen und einen Moment später an den vorderen Teil eines orangefarbenen Metallwagens, der geräuschvoll auf ihn zurollte. Der Wagen traf ihn brutal in die rechte Seite, direkt oberhalb vom Becken. Julianus flog durch die Luft und fiel dann ein paar *pedes* die Straße hinunter, wobei er mit dem Kopf heftig auf den Boden aufschlug. Der *cassis*[116] rettete ihm das Leben, indem er verhinderte, dass sein Kopf auf das Pflaster prallte.

Er hatte wohl das Bewusstsein verloren, aber für wie lange? Er wusste es nicht.

Er hörte Stimmen zu seiner Linken, einen Mann und eine Frau. Die Stimmen klangen weit entfernt und gedämpft, aber die Frau klang näher an ihm dran. Sie sprachen kein Latein, obwohl ihm einige Worte bekannt vorkamen: *mortuus... regulare...*

Jemand hielt seine linke Hand fest und legte sie dann sanft auf den Boden. Er spürte einen stechenden Schmerz in seiner Seite. Wahrscheinlich waren ein paar Rippen gebrochen, dachte er. Sein rechter Arm lag unter seinem Körper, verborgen vor den beiden *barbari*. Julianus begann, ihn langsam zum Griff des *gladius* zu bewegen.

Da sein Kopf nach rechts gedreht war und die linke Seitenklappe des Helms das Pflaster berührte, konnte Julianus die beiden *barbari* nicht sehen und wusste auch nicht, ob sie bewaffnet waren. Andererseits dachten die

---

[116] Metallhelm.

barbari, er sei noch bewusstlos: Der Überraschungsfaktor war zu seinen Gunsten. Sein Überleben hing davon ab, wie schnell er den *gladius* ziehen und die *barbari* treffen konnte, bevor sie ihn trafen. Es sei denn, sie stachen auf ihn ein, während er noch unbewaffnet auf dem Boden lag, dachte er.

Daumen und Zeigefinger hatten bereits den Griff erreicht. Er musste seinen Arm nur noch ein wenig strecken, dann würde er den *gladius* mit allen fünf Fingern greifen können.

Julianus spürte, wie die Frau eine Seite seiner *lorica hamata* anhob – als würde sie sie abwägen – und sie einen Moment später sanft wieder losließ, während sie etwas sagte, das Julianus nicht verstand.

Schließlich umklammerten alle fünf Finger seiner rechten Hand den Griff des *gladius*. Julianus ignorierte die Schmerzen in seiner Brust und drehte sich plötzlich um 180 Grad nach rechts, zog das *gladius* und richtete ihn auf die Kehle der Frau, die neben ihm kniete. Die Frau hob augenblicklich ihre Hände, gefolgt von dem Mann, der neben ihr stand und unbewaffnet schien.

Julianus betrachtete die Kleidung der beiden *barbari*. Er war nicht überrascht, dass sie Hosen trugen, denn das taten die meisten Barbaren. Was ihn überraschte, war, wie exquisit ihre Kleidung war. Die Hosen waren glatt, an den Säumen präzise geschnitten und passten perfekt zu ihren Beinen. Die Lederjacken waren in der Taille eng anliegend, wurden vorne mit einem Metallstreifen geschlossen und sahen für jeden von ihnen wie maßgeschneidert aus. Die beiden *barbari* trugen geschlossene Schuhe, die bequem und gut verarbeitet aussahen. An ihrem rechten Handgelenk trug die Frau eine Reihe von Metallarmbändern, vielleicht aus Silber, die ihr fast bis zum Ellbogen reichten, wenn sie die Arme hob. Beide trugen kleine Gürtel an ihren linken Handgelenken[117].

Die Frau war nur leicht geschminkt. Ihre Lippen waren glänzend, aber sie trug keinen Lippenstift. Ihre Augenlider waren nicht grün oder rot gefärbt, wie es in Rom üblich war. An ihren Ohren hingen keine Ohrringe, sie trug keinen Schmuck am Hals und nur einen Jadering an ihrem rechten Ringfinger.

Die Augen der Frau waren groß und leuchtend grün. Julianus starrte sie ein paar Sekunden lang an und versuchte, ihre Absichten zu deuten. Er sah Furcht in ihnen – wer hätte das nicht, wenn ein Schwert auf seine Kehle gerichtet war –, aber auch ein tiefes Mitgefühl und Freundlichkeit.

»*Sono un'amica! Amica!*[118]« sagte die Frau mit zitternder Stimme, die Hände erhoben.

Amica[119]... Obwohl die Frau kein Latein gesprochen hatte, kannte Julianus die Bedeutung dieses Wortes.

Er schaute der Frau in die Augen, warf einen kurzen Blick auf den Mann – er stand mit erhobenen Händen da – und wandte sich dann wieder der Frau zu.

Er beschloss, ihr zu vertrauen. Seine Seite schmerzte höllisch und sein linkes Knie blutete stark. Sein Kopf war heftig auf das Pflaster geknallt, und er spürte, wie das Blut knapp oberhalb seiner linken Schläfe in Strömen über seine Wange und seinen Hals floss. Er war verletzt und allein in einem barbarischen Land. Wenn das wirklich Freunde waren, könnten sie seine beste Hoffnung sein.

Auf seinen linken Arm gestützt richtete er sich auf und

---

[117] Die Bänder der Armbanduhren.

[118] *Ich bin eine Freundin! Freundin!*

[119] Das Wort ist im Italienischen und im Lateinischen dasselbe.

senkte dann langsam das *gladius*, wobei er stets in die Augen der Frau blickte und gleichzeitig jede Bewegung des Mannes aus den Augenwinkeln beobachtete. Dann gab er den beiden Geschwistern ein Zeichen, ihre Hände zu senken und sagte zu Valeria: »*Amica*«.

Der Mann und die Frau senkten ihre Hände mit sichtlicher Erleichterung. Die Frau lächelte ihn an, ein Lächeln mit perfekten weißen Zähnen.

»Mein Name ist Valeria. Sind Sie verletzt? Geht es Ihnen gut? Möchten Sie, dass ich einen Krankenwagen rufe?« fragte die Frau mit aufrichtiger Sorge in der Stimme.

Julianus runzelte leicht die Stirn, ohne zu antworten. Er verstand, dass der Name der Frau Valeria war. Ein römischer Name, das war ein gutes Zeichen. Es hörte sich an, als würde die Frau um etwas bitten, aber Julianus konnte keine der Fragen verstehen, die sie stellte.

»Ich bin Carlo«, sagte der Mann auf Italienisch. »Wir sollten auch die Polizei anrufen und den Fahrer wegen Fahrerflucht anzeigen. Ich habe mit meinem Smartphone ein Foto von seinem Nummernschild gemacht. *Vuole che chiami uno dei* ***militari*** *del comando qui di fronte?*[120]« fragte er und zeigte auf ein marmornes Schild an einem Gebäude ein Dutzend *passus* entfernt.

Militaris... Julianus verstand nicht, was der Mann sagte, aber es klang, als wolle er die Soldaten rufen.

»*Nemo miles!*[121]« sagte er und richtete den *gladius* wieder auf die beiden Geschwister.

»Okay, okay, okay, schon gut«, beeilte sich Carlo zu sagen. Er hob wieder die Hände und Valeria tat dasselbe.

---

[120] *Soll ich einen der Soldaten aus dem Hauptquartier gegenüber rufen?*

[121] *Keine Soldaten!*

Julianus sah ihnen ein paar Sekunden lang in die Augen, dann ließ er den *gladius* sinken.

»Welche Sprache spricht er?« flüsterte Carlo seiner Schwester zu.

»Ich weiß es nicht. Vielleicht spanisch. Vielleicht kommt er aus Lateinamerika und ist illegal nach Italien eingereist. Wahrscheinlich hat er keine Aufenthaltsgenehmigung... deshalb will er sich von Krankenhäusern und Polizeistationen fernhalten. Bringen wir ihn zu Don Renato. Er wird ihm eine warme Mahlzeit und ein Bett nicht verweigern«, schlug Valeria vor.

»Hältst du das für eine gute Idee?« fragte Carlo zweifelnd. »Er hat gerade ein Schwert auf uns gerichtet... Ich glaube nicht, dass er noch ganz bei Sinnen ist... sieh dir an, wie er gekleidet ist...«

»Ich glaube, ich kann ihm vertrauen«, sagte Valeria zuversichtlich. Dann wandte sie sich Julianus zu und winkte ihn mit ihrer rechten Hand. »Kommen Sie, kommen Sie mit uns.«

Carlo und Valeria gingen die Via Piemonte hinauf. Julianus folgte ihnen mit dem *gladius* in der rechten Hand ein paar *passus* nach.

Nach ein paar Dutzend *passus* erreichten sie ein kleines zweistöckiges Gebäude aus roten Ziegeln. Die Nummer 41, schwarz auf weißem Grund, prangte auf dem Travertinbogen über einer dunklen Holztür.

Valeria ging auf die Tür zu und drückte den Knopf der Gegensprechanlage auf der rechten Seite. Nach ein paar Sekunden ertönte eine intensive Baritonstimme aus der Sprechanlage. »Wer ist da?«

»Don Renato, hier sind Valeria und Carlo. Es tut uns sehr leid, dass wir Sie so spät stören.« Valeria hatte ein leises Nuscheln in den Worten des Priesters bemerkt, ein

Zeichen dafür, dass sie ihn wahrscheinlich gerade geweckt hatten. »Wir brauchen Ihre Hilfe.«

»Liebe Valeria!« Don Renatos Stimme wurde plötzlich hell und fröhlich. Ein Klicken in der Tür signalisierte, dass sie sich öffnete. »Kommt herein, *figlioli*[122], kommt herein. Es ist offen!«

Valeria und Carlo traten ein. Julianus folgte ihnen und schloss die Tür hinter sich.

***

In genau diesem Moment erreichten Leutnant McDougall und zwei weitere Marines das Ende der Via Sallustiana, bogen in die Via Piemonte ein und sahen sich auf der Suche nach dem Flüchtigen um. Die Straße war leer.

***

»Nehmt Platz, *figlioli*«, sagte Don Renato und schob einen der vier Metallstühle von dem ramponierten Tisch weg, der in der Mitte der bescheidenen Küche des Pfarrers stand. Etwas rechts von der Tischmitte hing eine Glühbirne von der Decke und warf einen schwachen, gelblichen Lichtstrahl auf den Tisch. Auf dem weißen Schrank links vom Fenster stand ein altes Wählscheibentelefon mit einem Hörer, dessen graue Farbe etwas dunkler war als sein Gehäuse.

***

---

[122] *Kinder* (Singular: *figliolo*).

Don Renato, der im Juni 60 Jahre alt würde, war ein echter Römer und stolz darauf. 1962 im Herzen von *la Capitale*[123] geboren, lebte er in seiner Kindheit in der Via Mastro Giorgio, an der Ecke zur Piazza Testaccio. In den ersten Jahren seiner kirchlichen Laufbahn war er zunächst Pfarrvikar in der alten *Basilica di San Vitale* im *Rione Monti* und dann Vizepfarrer in der *Basilica dei Santi Silvestro e Martino ai Monti*. Vier Jahre zuvor, im Jahr 2018, wurde er zum Pfarrer von San Camillo de Lellis ernannt.

Er war stets bereit, Migranten und Obdachlosen zu helfen, und verweigerte den Hungrigen nie eine Suppe oder den Müden ein Bett.

Enthusiastisch, leidenschaftlich und temperamentvoll, verband Don Renato einen unerschütterlichen Glauben an Gott mit einer tiefen Leidenschaft für die *Associazione Sportiva Roma*[124], die Mannschaft, die er von klein auf unterstützte. Seine Liebe zum Fußball führte dazu, dass er jedes Jahr zwischen dem 28. Mai und dem 17. Juni seine persönliche Fastenzeit durchlebte. Der 28. Mai war der traurige Tag, an dem Francesco Totti – wahrscheinlich der beste Fußballer in der Geschichte Roms – sein letztes Spiel bestritt. Der 17. Juni war der Tag der Apotheose, an dem die *Giallorossi*[125] 2001 ihren dritten *Scudetto*[126] gewannen.

»Was kann ich für euch tun, *figlioli*? Wenn ihr zur Probe der *Via Crucis*[127] gekommen seid, seid ihr dem

---

[123] Hauptstadt (Rom).

[124] Eine der beiden wichtigsten Fußballmannschaften in Rom.

[125] Spitzname für A.S. Roma.

[126] Italienische Fußballmeisterschaft. Der Name bedeutet wörtlich *kleiner Schild*.

[127] *Kreuzweg*.

Zeitplan weit voraus«, sagte der Priester und zeigte auf den römischen Legionär, der hinter Valeria und Carlo stand. »Ostern ist in über einem Monat...«

»Nun... dieser Mann ist genau der Grund, warum wir hier sind«, sagte Valeria.

»Meine Güte! Du blutest ja, *figliolo*!« sagte Don Renato. Erst jetzt bemerkte er das Blut, das auf Julianus' Hals tropfte, und die böse Wunde an seinem linken Knie. »Was ist mit dir passiert? Nein, das erzählst du mir später. Ich muss Verbandszeug und Antiseptikum im Bad haben. Ich hoffe, sie sind nicht abgelaufen. Ich bin gleich wieder da. Wartet hier, geht nicht weg.«

Wie ein reißender Fluss stürzte der überschwängliche Pfarrer von San Camillo in das winzige Badezimmer und begann lautstark in einem Schrank unter dem Waschbecken zu kramen.

Valeria saß ein paar Sekunden lang mit offenem Mund da, als wollte sie etwas sagen. Dann bemerkte sie, dass Don Renato bereits im Bad war und ihr nicht mehr zuhörte.

Nach ein paar Minuten und mit einem lauten, triumphalen *Heureka!*[128]-Ausruf als er die Flasche mit dem Antiseptikum entdeckte, kehrte Don Renato in die Küche zurück.

»*Figliolo*«, sagte er zu Julianus. »Tu etwas Antiseptikum auf deine Wunden. Hier sind ein Verband und eine sterile Gaze. Das Antiseptikum ist noch nicht abgelaufen, ich habe gerade das Datum überprüft. Es ist noch bis November 2023 gültig, und ich musste die Flasche noch nicht öffnen, Gott sei Dank. Hier ist auch ein Pflaster. Links neben dem Fernseher liegt eine Schere«, sagte er und deutete auf einen veralteten 19-Zoll-Fernseher mit dunkelgrauer Kathodenstrahlröhre am rechten Ende

[128] *Ich hab's gefunden!* (Griechisch)

der Küchenarbeitsplatte. »Schneide dir ab was du brauchst. Komm schon, *figliolo*, komm schon! Nimm den Helm ab. Ich lasse dich die Rolle des Zenturios an der *Via Crucis* spielen, keine Sorge. Die Legionärskleidung steht dir gut.«

»Ich glaube nicht, dass er Sie versteht«, konnte Valeria in dem Wortschwall, den Don Renato unablässig über seine drei Besucher ausschüttete, zwischen einer Welle und der nächsten sagen.

»Oh!« sagte Don Renato überrascht. »Es tut mir leid, *figliolo*... Ich habe es nicht bemerkt. Woher kommst du?«

Julianus sah ihn verwirrt an, ohne zu verstehen.

Don Renato wechselte vom Italienischen zum Englischen. »*Do you speak English? What's your name? Where are you from? Do you understand me?*[129]«

Julianus blieb still und hob eine Augenbraue.

Don Renato gab nicht auf. »*¿Hablas español? ¿Vienes de España? ¿Eres latinoamericano? ¿Argentino? ¿Mexicano? ¿Me entiendes?*[130]«

Julianus zeigte keine Anzeichen von Verständnis.

Don Renato sprach die wenigen portugiesischen Worte, die er kannte. »*Falas portugues? Você é Brasileiro? Você me entende?*[131]«

Julianus berührte mit der rechten Hand seine Brust und sagte »*Roma*«.

»*Roma?*« Don Renato runzelte für ein paar Sekunden die Stirn, dann leuchtete er plötzlich auf, als hätte er eine

---

[129] *Sprichst du Englisch? Wie heißt du? Wo kommst du her? Verstehst du mich?*

[130] *Sprichst du Spanisch? Kommst du aus Spanien? Kommst du aus Lateinamerika? Argentinier? Mexikaner? Verstehst du mich?*

[131] *Sprichst du Portugiesisch? Kommst du aus Brasilien? Verstehst du mich?*

plötzliche Eingebung. »*Rumänien! Sei Romeno?*[132]«

»*Romanus*«, schien Julianus zu bestätigen.

»Perfekt!« Don Renato jubelte. Einen Moment später runzelte er jedoch wieder die Stirn. »Nun... nicht so perfekt... Ich spreche kein einziges Wort Rumänisch... Wie sollen wir uns mit ihm verständigen?«

»Einen Moment, Vater«, sagte Valeria und zog ein Samsung S10 aus der Tasche ihrer Lederjacke. »Schauen wir mal, ob Google Translate uns helfen kann.«

Valeria öffnete die rosafarbene Schutzhülle und aktivierte ihr Smartphone, indem sie das Passwort eintippte. Der Bildschirm leuchtete auf, während Valeria die Google-Übersetzungs-App startete.

Julianus, der direkt hinter Valeria stand, sprang instinktiv zurück, überrascht von dem intensiven weißen Licht, das von dem ausging, was für ihn wie eine dunkle Tontafel aussah. Don Renato bemerkte die abrupte Reaktion und den verwirrten Gesichtsausdruck von Julianus, und obwohl er überrascht war, versuchte er ihn zu beruhigen. »Ganz ruhig, *figliolo*. Ist es das erste Mal, dass du ein Smartphone siehst?«

»Nur eine Sekunde...« sagte Valeria. Sie öffnete die App und wählte Italienisch und Rumänisch aus der Sprachliste aus. »*Wie lautet dein Name* auf Rumänisch: *Cum te cheamă*. Ich habe keine Ahnung, wie man das letzte Wort ausspricht. Lasst uns den Audioclip anhören.«

Valeria tippte leicht auf den Bildschirm und eine tiefe männliche Stimme stellte die Frage auf Rumänisch.

Die Stimme, die aus dem Smartphone kam, schockierte Julianus, der sich plötzlich durch die Anwesenheit eines vierten *barbarus* bedroht fühlte, den er zwar hörte, aber nicht sehen konnte. Sofort zückte er den *gladius* und hielt

---

132 *Bist du Rumäne?*

ihn vor sich, um die Umgebung nach der kleinsten Bewegung abzusuchen.

»Hey hey hey! In Gottes Namen, lass deine Waffe fallen, *figliolo*. Lass deine Waffe fallen«, befahl Don Renato, während er auf die Füße sprang und Julianus winkte, das Schwert zu senken. »Keine Waffen im Haus des Herrn.«

Einige Sekunden verstrichen, während sich die beiden Männer wortlos gegenüberstanden, nur wenige Zentimeter voneinander entfernt. Don Renato war nicht besonders groß. Doch mit seinen 173 Zentimetern war er mindestens zehn Zentimeter größer als Julianus. Die beiden Männer sahen sich in die Augen, während Valeria und Carlo, auf der anderen Seite des Tisches, die Szene mit klopfenden Herzen beobachteten. Nach ein paar Sekunden ließ Julianus den *gladius* sinken und steckte ihn langsam wieder in die Scheide.

»*Tibi gratias ago, Domine!*[133]« sagte Don Renato mit zusammengelegten Händen und nach oben gerichtetem Blick, sichtlich erleichtert über das abgewendete Unglück.

»*Latine loqueris? Mihi nomen est Julianus. Civis Romanus sum*[134]«, sagte Julianus, sein Gesicht erhellt von neuer Hoffnung. Valeria, Carlo und Don Renato starrten ihn mit vor Staunen offenen Mündern an.

***

Valeria half Julianus, den Kratzer am Knie und die Wunde am Kopf zu desinfizieren. Glücklicherweise war

---

[133] *Danke, Gott!*

[134] *Sprichst du Latein? Mein Name ist Julianus. Ich bin ein Bürger von Rom.*

die Wunde nur oberflächlich und musste nicht genäht werden. Valeria legte die sterile Gaze direkt über der linken Augenbraue des Mannes an und fixierte sie mit einem etwa vier Zentimeter langen Pflaster. Schließlich umwickelte sie sein Knie mit der Gaze und sicherte den Verband mit einer Sicherheitsnadel, die Don Renato in einer Küchenschublade gefunden hatte. Eine oder zwei von Julianus' Rippen waren wahrscheinlich gebrochen – ein Röntgenbild hätte das bestätigen können –, aber weder Medikamente noch ein Verband konnten sie heilen. Das einzige Heilmittel war Zeit, und Julianus würde mehrere Wochen lang mit den Schmerzen zurechtkommen müssen. Julianus' Augen trafen Valerias mehrmals während der Behandlung, und Valeria spürte einen Anflug von Erregung aufgrund der Aufmerksamkeit des Legionärs.

Julianus sprach etwa zwanzig Minuten lang. Don Renato unterbrach ihn gelegentlich, um für Valeria und Carlo zu übersetzen, was der Legionär sagte.

Er stellte sich als Publius Liburnius Julianus vor, das vierte von sieben Kindern. Er wurde auf der Insel Crepsa im nördlichen Teil der Provinz Illyricum geboren, als Gaius Aurelius Cotta und Lucius Octavius Konsuln waren. Crepsa war eine felsige, von einem kristallklaren Meer umspülte Insel, auf der vor allem in den Wintermonaten ein eisiger Wind wehte, der von den *Alpes Dalmaticæ* kam, und deren Bewohner hauptsächlich Fischer, Hirten und Seefahrer waren.

Im Alter von 17 Jahren hatte Julianus seine Familie verlassen, um sich der XII. Legion unter dem Kommando des Prokonsuls Gaius Julius Cäsar anzuschließen. Er hatte in Gallien gegen die Nervii am Fluss Sabis gekämpft und an der siegreichen Belagerung des Oppidums von Alesia teilgenommen, dessen Eroberung den römischen Triumph in Gallien besiegelte.

Später kämpfte er in Pharsalus in Griechenland während des *Bellum Civile* gegen die Truppen von Gnæus Pompeius Magnus. Wegen seiner Loyalität gegenüber dem *dictator* und seines Mutes auf dem Schlachtfeld wurde er einer von Cäsars Elitewachen und erhielt seitdem direkte Befehle von ihm. Ein paar Monate zuvor war er nach Rom zurückgekehrt. Wenn er nicht im Dienst war, lebte er auf dem Palatin, im *domus* seiner Schwester Silvia, die einen reichen römischen *patricius*[135] namens Quintus Aurelius Pulcher geheiratet hatte.

Als er in dieser Nacht bei den *Horti Cæsaris*[136] auf dem *Collis Quirinalis*[137] in der Nähe der *Porta Collina* patrouillierte, hörte er, wie der Wächter einer *popina* laut nach den Wachen rief. Ein Mann war während eines *tesseræ*-Spiels erstochen worden – nicht ungewöhnlich in einer *popina*, fügte Julianus hinzu –. Der Angreifer und seine beiden Kameraden verschwanden in der Nacht, bevor der Wirt und die Gäste begreifen konnten, was gerade passiert war. Das Opfer war in Begleitung einer Frau. Obwohl er stark aus der linken Seite blutete, verließ er wenige Augenblicke später die *popina* und taumelte mit Hilfe der Frau in Richtung des *Mons Pincius*[138].

Julianus hatte in die Richtung geschaut, die der Wirt der *popina* angegeben hatte, und in der Ferne zwei Personen

---

[135] Ein Mitglied einer römischen Familie der herrschenden Klasse.

[136] *Cäsars Gärten* zwischen dem Pincio und dem Quirinal. Das Gebiet wurde später von *Gaius Sallustius Crispus* gekauft und erhielt den Namen *Horti Sallustiani*. Heute bildet das Gebiet zwischen Via XX Settembre, Corso d'Italia, Via Calabria, Via Boncompagni, Via Lucullo und Largo di Santa Susanna das *Rione Sallustiano* (*Sallust Distrikt*).

[137] Der Quirinal, einer der sieben Hügel von Rom.

[138] Der Hügel von *Pincio*.

entdeckt. Die Flüchtenden liefen mit unsicheren Schritten auf einem Feldweg den Hügel hinauf. Er rannte ihnen hinterher und forderte sie wiederholt auf, stehen zu bleiben. Die beiden stürmten stattdessen auf einen großen Metallring zu, der so groß wie ein erwachsener Mann war und am Rande des Weges stand, teilweise versteckt hinter einem dichten Lorbeerbusch. Dann verschwanden sie plötzlich auf mysteriöse Weise, als hätte die Nacht sie aufgefressen.

Julianus erzählte ihnen, wie er den Metallring durchquerte und plötzlich in einem hellen, weißen Raum landete, den er sehr detailliert beschrieb. Er erzählte von seiner Flucht aus dem seltsamen Gebäude, von der Flucht durch die leeren Straßen und von dem pferdelosen Metallwagen, der ihn überrollte.

Don Renato hörte ihm mit großer Aufmerksamkeit und Verwunderung zu. Valeria und Carlo konnten nur wenig von Julianus' Worten verstehen und warteten gespannt auf die kurzen Übersetzungen des Priesters.

***

»Was denkst du?« flüsterte Valeria ihrem Bruder zu. Die beiden Geschwister standen nur wenige Zentimeter voneinander entfernt in der Nähe der Tür, die Don Renatos Küche mit dem Badezimmer verband. Julianus sprach weiter mit dem Priester, der ihn nach seiner Vergangenheit und den Ereignissen, die ihn dorthin gebracht hatten, fragte.

»Was soll ich davon halten? Der Kerl ist verrückt, das denke ich. Vielleicht wegen des Schlags auf seinen Kopf. Vielleicht war er schon immer so, wer weiß? Ich bin überrascht, dass er uns nicht gesagt hat, dass er Julius

Cäsar heißt. Oder Maximus Decimus Meridius[139]. Ich würde die Irrenanstalt anrufen...«

»Aber es gibt viele Details, die seine Geschichte bestätigen«, antwortete Valeria.

»Was zum Beispiel?« fragte Carlo zweifelnd.

»Er sagte, er sei auf Crepsa geboren, einer Insel in der Provinz Illyricum. Ich habe mit meinem Smartphone danach gegoogelt, und die Insel existiert. Heute heißt sie Cres – Cherso auf Italienisch – und gehört zu Kroatien. Crepsa war ihr lateinischer Name. Im 1. Jahrhundert vor Christus war die Insel Teil der römischen Provinz Illyricum. Heute ist sie eines der beliebtesten Reiseziele in Kroatien.«

»Das beweist gar nichts... er könnte in den Sommerferien dort gewesen sein und im Reiseführer über die Geschichte der Insel gelesen haben...«

»Das ist wahr. Aber die Daten stimmen auch überein. Er sagte, er sei in dem Jahr geboren, als Gaius Aurelius Cotta und Lucius Octavius Konsuln waren. Laut Wikipedia waren die beiden im Jahr 75 vor Christus Konsuln. Julianus sagte, er sei der XII. Legion beigetreten und habe im Alter von 18 Jahren gegen die Nervii an der Sabis gekämpft. Die Schlacht an der Sabis fand 57 vor Christus statt, also 18 Jahre nach dem Konsulat von Cotta und Octavius. Julius Cäsar war zu dieser Zeit tatsächlich Prokonsul. Und die XII. Legion kämpfte wirklich unter Cäsars Kommando an der Sabis, bei Alesia und später bei Pharsalus im Bürgerkrieg gegen Pompeius.«

»*Vale*[140]«, sagte Carlo in einem herablassenden Ton. »Diese Informationen sind für jeden im Internet

---

[139] Die Hauptfigur in Ridley Scotts Film *Gladiator*, gespielt von Russell Crowe.

[140] Kurz für *Valeria*.

zugänglich. Du hast sie in fünf Minuten gefunden.«

»Dieser Mann ist gekleidet wie ein römischer Legionär aus dem 1. Jahrhundert vor Christus. Der Helm, die Rüstung, das Schwert, die Schuhe... es passt alles perfekt. Sogar seine Größe entspricht dem damaligen Standard. Die alten Römer waren im Durchschnitt 155 bis 160 Zentimeter groß.«

»Auch heute gibt es viele kleine Männer...« entgegnete Carlo unbeeindruckt. »Vielleicht ist dieser Typ ein Schauspieler, der einen Film über das alte Rom dreht. Er war nach einem langen Arbeitstag friedlich auf dem Heimweg und wurde von einem Autofahrer mit Fahrerflucht überfahren. Die Beule, die er bekommen hat, hat dazu geführt, dass er sich mit der Figur, die er gespielt hat, identifiziert hat.«

»Ich halte es für ziemlich unwahrscheinlich, dass jemand nachts in einem Bühnenkostüm und einer mindestens zehn Kilo schweren Rüstung nach Hause läuft... Abgesehen davon, glaubst du, dass er wegen einer Beule am Kopf fließend Latein sprechen kann?« fragte Valeria. »Hast du seine Reaktion auf den Audioclip gesehen? Es sah aus, als hätte er einen Geist gesehen...«

»Wenn er ein Schauspieler ist, kann er schauspielern...« erwiderte Carlo.

»Biete ihm einen Kaffee an«, sagte Valeria mit einem Aufblitzen von List in ihren Augen.

»Hä? Es ist schon nach 22 Uhr«, wandte Carlo ein, als er auf die Uhrzeit auf seiner Breil Tribe-Uhr schaute. »Lieber einen koffeinfreien.«

»Biete ihm einen Kaffee an«, beharrte Valeria lächelnd. »Koffeinfreier ist gut.«

24

Rom, Via Salandra
10. März 2022, 22:14 Uhr

»Haben Sie etwas gefunden?« fragte McDougall Flynn.

»Nein... Er ist verschwunden«, antwortete Flynn mit deutlicher Enttäuschung in seiner Stimme.

Die sechs Marines hatten sich an der Ecke Via Lucullo und Via Sallustiana in zwei Trupps aufgeteilt. Der von McDougall geführte Trupp nahm die Via Sallustiana und bog rechts in die Via Piemonte ein. Die von Flynn geführte Gruppe nahm stattdessen die Via Lucullo und bog dann in die Via Carducci ein. An der Ecke zwischen Via Carducci und Via Piemonte trafen die beiden Gruppen wieder zusammen.

Die Scheinwerfer eines weißen Fiat Punto leuchteten die Kreuzung aus, während der Wagen geräuschvoll über das holprige Pflaster der Via Salandra fuhr. Als der Punto die Kreuzung überquerte, hörten die Marines das Geräusch von zerbrochenem Glas.

»Was war das?« fragte McDougall.

»Es klang wie zersplittertes Glas«, antwortete Flynn und ging auf die Stelle zu, an der der Punto eben noch war.

Flynn kniete sich hin und hob Glasscherben auf. »Es sieht aus wie der Scheinwerfer eines Autos. Ich kann nicht sagen, welche Marke und welches Modell, aber wir werden es finden, falls nötig.«

»Lieutenant, hier!« rief einer der Marines, ein 20-jähriger Asiate namens Cheng.

»Bremsspuren... jemand hat wohl eine Vollbremsung

gemacht«, sagte Flynn, während er neben Cheng stand.

»Hier sind Blutflecken... frisch«, sagte McDougall, eine dunkelrote, zähe Flüssigkeit zwischen ihrem Daumen und Zeigefinger. »Ein Auto könnte den Flüchtigen angefahren haben.«

»Vielleicht der orangefarbene Volkswagen, den wir vor ein paar Minuten entlang der Via Sallustiana gesehen haben«, sagte einer der Marines, ein blonder Kalifornier namens Jimmy Hott.

»Wir sollten uns in drei Gruppen aufteilen«, schlug Flynn vor. »Cheng und ich werden die Via Salandra hochgehen. Larson und Hott werden die Via Carducci in Richtung Osten überprüfen. Sie«, sagte er zu McDougall, »durchsuchen mit March die Via Piemonte und Via Mario Pagano. Wenn er verletzt ist, ist er vielleicht nicht sehr weit gekommen. Er könnte sich hier in der Gegend verstecken, vielleicht hinter einem geparkten Auto, in der Eingangshalle eines Gebäudes oder sogar in einem Müllcontainer. Suchen Sie überall!«

Dann sah sich Flynn um, als ob er nach etwas anderem suchen würde. Sein Blick schweifte um 360 Grad und überprüfte alle Türen und Schaufenster in Sichtweite der Stelle, an der sie die Blutspuren gefunden hatten. Seine Augen leuchteten auf, als er rechts neben dem zweiten Schaufenster in der Via Salandra eine kleine Überwachungskamera sah. Sie war auf die Kreuzung gerichtet.

»Cheng!« befahl er. »Finden Sie heraus, wem der Laden gehört. Vor- und Nachname, Adresse, Telefonnummer. Alles, was Sie finden können. Ich will das Videomaterial so schnell wie möglich.«

»*Yes, sir!*« sagte Cheng und googelte sofort den Namen und die Adresse des Ladens auf seinem Smartphone.

25

Rom, Piazza Vittorio Emanuele II
10. März 2022, 22:39 Uhr

Das schrille Klingeln des Telefons weckte Mario Savoiardi aus seinem friedlichen Schlaf. Er war wieder einmal auf der Couch eingeschlafen, während er sich eine der vielen Reality-Shows angesehen hatte. *Ich habe zu viel gegessen*, sagte er sich, um die Tatsache zu rechtfertigen, dass er so früh in die Morpheus' Arme[141] gefallen war. 150 Gramm Spaghetti al bronzo, Bio-Eier aus der Region, 24 Monate lang gereifter Pecorino Romano und *guanciale*[142] aus Norcia: eine fantastische *carbonara*[143]... Natürlich mit einer schönen Flasche Rotwein... Allein der Gedanke daran machte ihn wieder hungrig.

Sein 8 Monate alter gelbgetigerter Kater Isidoro schlief selig an Marios gewölbten Bauch gekuschelt, gleichgültig gegenüber dem nervigen Trillern des Telefons.

Savoiardi schlüpfte in seine anthrazitfarbenen Pantoffeln und setzte Isidoro auf die Couch. Der Kater streckte unverhohlen seine Vorderbeine, gähnte und schlief dann wieder ein, als wäre nichts geschehen. Savoiardi zog seinen eleganten blauen Samtmantel an und ging zum schwarzen Schnurlostelefon, das ohne

---

[141] *In Morpheus' Armen* bedeutet *schlafend*. Morpheus war der Gott der Träume.

[142] *Schweinebacke.*

[143]Römisches Nudelgericht mit Ei, *pecorino*-Käse, *guanciale* und schwarzem Pfeffer.

Unterbrechung klingelte.

»Hallo«, sagte er, während er zum Telefon griff, seine Stimme leicht verschlafen.

Savoiardi schwieg, während die männliche Stimme am anderen Ende der Leitung sein Anliegen in einem befehlenden Ton vortrug.

»Ich werde da sein, Herr Botschafter«, sagte Savoiardi einige Sekunden später. »Geben Sie mir zehn Minuten, und ich werde in der Via Salandra sein«, fügte er hinzu, während er die Verbindung beendete. Er zog sich eilig an – ohne zu bemerken, dass er zwei ungleiche Socken anhatte –, schnappte sich Autoschlüssel und Brieftasche und schloss die Wohnungstür hinter sich.

Isidoro sah ihn nicht ein einziges Mal an und schlief weiter.

26

Rom, Kirche San Camillo de Lellis
10. März 2022, 22:51 Uhr

Carlo legte eine koffeinfreie Kapsel in die knallrote Kaffeemaschine, die links auf der Arbeitsplatte von Don Renatos kleiner Küche stand. Nespresso-Kaffee war einer der wenigen Genüsse, denen sich der Priester hingab, denn er fand die Kapseln viel schmackhafter als den Kaffee, der mit seiner alten Mokkakanne zubereitet wurde.

Sobald der Kaffee fertig war, griff Carlo nach der Zuckerdose – einem Marmeladenglas mit einem rot-weißen Deckel – und gab einen halben Teelöffel braunen Zucker in die weiße Porzellantasse.

»Möchten Sie auch einen Kaffee, Vater?«

»Nein, *figliolo*. Danke«, antwortete der Priester. Er sah ziemlich beunruhigt aus.

»Koffeinfreier Kaffee«, sagte Carlo und schob die dampfende Tasse vorsichtig auf die andere Seite des Tisches, wo Julianus saß. Nachdem in den letzten dreißig Minuten dreimal dessen Schwert auf ihn gerichtet worden war, zog Carlo es vor, einen Tisch zwischen sich und dem seiner Meinung nach Verrückten zu haben.

Julianus betrachtete verwirrt die schwarze Flüssigkeit. Er hob die Tasse an die Nase, schnupperte an dem Getränk und runzelte die Stirn. Dann führte er das Gefäß an seinen Mund, gerade so weit, dass seine Lippen feucht wurden. Er führte seine Zunge an die Lippen und kostete die dunkle Flüssigkeit, wobei er leicht die Augen schloss. »*Quid est?*[144]«, fragte er schließlich.

»Wie vermutet«, sagte Valeria lächelnd. »Vater, haben Sie noch Kartoffeln oder Tomaten?«

»Es sollten noch zwei oder drei Tomaten im Kühlschrank sein. Kartoffeln...« er hielt inne und strich mit der rechten Hand über sein Kinn. »Ich bin mir nicht sicher. Schau mal in den Terrakottatopf neben der Kaffeemaschine. Wenn noch welche da sind, müssten sie da sein.«

Valeria öffnete den Kühlschrank, einen mindestens 20 Jahre alten Bosch, und holte kurz darauf zwei leckere Kirschtomaten heraus. Dann ging sie ein paar Schritte nach links und hob den Deckel des Terrakottatopfes an, auf das Don Renato gezeigt hatte. Vorsichtig kramte sie darin herum, zwischen ein paar Knoblauchköpfen und einem halben Dutzend Zwiebeln, und zog schließlich mit einem breiten Lächeln im Gesicht eine Kartoffel heraus. Sie ging zurück zum Tisch und reichte Julianus die Tomaten und die Kartoffel.

Julianus schaute verwirrt auf die drei Gegenstände, dann griff er nach der Kartoffel, betrachtete sie neugierig, drehte sie immer wieder um, roch daran und wollte gerade hineinbeißen, als Valeria plötzlich rief: »Nein! Nicht!«

Julianus schaute Valeria verwirrt an und legte die Kartoffel zurück auf den Tisch. »*Edendum non est?*[145]« fragte er.

»Dieser Mann hat noch nie Kaffee, Kartoffeln und Tomaten gesehen, weil es sie im ersten Jahrhundert vor Christus in Rom noch nicht gab! Kaffee kam im Mittelalter nach Europa, während Kartoffeln und Tomaten aus Amerika kamen«, sagte Valeria vehement an ihren Bruder

---

[144] *Was ist das?*

[145] *Kann man das nicht essen?*

und den Priester gewandt.

»Es sind nicht nur Kaffee, Kartoffeln und Tomaten, die dieser *figliolo* nicht kennt«, sagte Don Renato mit bedrücktem Blick. »Während du Kaffee gekocht hast, hat er mich gefragt, was mein Beruf ist. Ich sagte ihm, dass ich unserem *Dominus*[146] Jesus Christus diene. Er fragte mich, wer dieser Jesus sei und wie viele andere Diener er in seinem *domus* habe.« Don Renato schüttelte niedergeschlagen den Kopf. »Entweder ist dieser Mann ein großartiger Schauspieler... oder er sagt die Wahrheit, auch wenn ich nicht verstehe, wie das möglich sein soll.«

[146] *Dominus* bedeutet sowohl *Herr* (*Gott*) als auch *Besitzer*.

27

Rom, Via Salandra
10. März 2022, 22:52 Uhr

Flynn und Cheng warteten neben dem zweiten Schaufenster in der Via Salandra, nur wenige Meter von der Kamera entfernt, die Flynn fast vierzig Minuten zuvor entdeckt hatte. Nach einer halben Stunde akribischer Suche in dem Fünfeck aus Via Salandra, Via XX Settembre, Via Quintino Sella, Via Sallustiana und Via Piemonte, hatten sich die drei Gruppen von Marines wieder an der Kreuzung versammelt, wo sie das Blut gefunden hatten. Botschafter Harlan hatte Flynn mitgeteilt, dass der Besitzer der Kamera auf dem Weg sei, und so war Flynn mit Cheng dort geblieben, während McDougall und die anderen drei Marines niedergeschlagen zur Botschaft zurückgekehrt waren.

In diesem Moment streiften die Scheinwerfer eines roten Alfa Romeo Giulia die beiden amerikanischen Soldaten. Der Wagen verlangsamte, fuhr mit den beiden rechten Rädern auf den Gehweg und hielt weniger als einen Meter vor dem ersten der sechzehn gusseisernen Pollern an. Savoiardi schaltete die Warnblinkanlage ein in der Hoffnung, dass die *Vigili*[147] nicht sahen, wie er sein Auto parkte, stieg aus und ging auf die beiden Soldaten zu, die auf ihn zukamen.

»Lieutenant Jack Flynn. Private Mike Cheng. Sind Sie Herr Savoiardi?« fragte der ältere Soldat mit einem starken

---

[147] *Polizisten.*

amerikanischen Akzent. Er hatte graues, kurz geschnittenes Haar und einen dünnen Schnurrbart.

»Ja, das bin ich. Botschafter Harlan erwähnte, dass Sie das Videomaterial meiner Kamera sichten möchten.«

»Das ist richtig. Zeigen Sie uns bitte den Weg«, sagte Flynn knapp. Er wollte keine kostbare Zeit mit Smalltalk verschwenden.

Savoiardi setzte ein falsches Lächeln auf und zog den Ladenschlüssel aus der Tasche seiner blauen Armani-Jeans. Er öffnete die Tür, schaltete das Licht ein, ging zu einem Schreibtisch in der rechten Ecke des Raumes und schaltete den 24-Zoll-Monitor ein. Er setzte sich hin und tippte eine kurze Befehlsfolge auf der Tastatur ein. Die Bilder der Außenkamera erschienen auf dem Monitor vor ihm.

»Das ist die Live-Übertragung der Kamera. Die Zahlen, die Sie hier unten lesen, sind Datum und Uhrzeit. Wie Sie sehen können, ist es jetzt 22:53 Uhr am 10. März 2022«, erklärte Savoiardi und zeigte auf die Zahlen auf dem Bildschirm. Flynn und Cheng standen hinter ihm.

»Könnten Sie zurückspulen? Uns interessiert die Zeitspanne zwischen 22:04 Uhr und 22:14 Uhr«, sagte Flynn.

»Sofort!«

Savoiardi drückte ein paar Tasten, und die Zahlen auf dem Bildschirm begannen sich in schnellem Tempo zurückzudrehen. Die Bilder zeigten Flynn und Cheng, die auf dem Bürgersteig warteten, dann die Gruppe von sechs Marines, die in der Mitte der Kreuzung standen, dann die Abfolge von vierzig Autos, die in den letzten vierzig Minuten die Via Salandra entlang gefahren waren, und wieder dieselben sechs Marines, die sorgfältig die Kreuzung kontrollierten, und Flynn, der Glasscherben vom Boden aufhob. Dann, um 22:12 Uhr, zeigte die Kamera, wonach sie suchten.

»Halt! Halten Sie das an!« befahl Flynn.

Drei Personen verließen die Kreuzung in Richtung Via Piemonte. Einer von ihnen, ein paar Schritte hinter den anderen, war als römischer Legionär gekleidet und hielt ein Schwert in der Hand.

»Bitte spulen Sie die Bilder langsam, mit normaler Geschwindigkeit zurück.«

»Jawohl«, bestätigte Savoiardi.

Der Legionär richtete sein Schwert auf die beiden anderen, die mit erhobenen Händen dastanden. Der Legionär stand gerade auf, und die Kamera filmte ihn von hinten. Die beiden anderen, ein junger Mann und eine Frau, blickten dagegen in die Kamera. Das Gesicht der Frau lag im Schatten, aber der Mann stand ein paar Meter entfernt und sein Gesicht wurde von der Straßenlaterne, die direkt über der Kreuzung hing, beleuchtet.

»Zoomen Sie auf das Gesicht des jungen Mannes«, befahl Flynn.

Savoiardi tat, wie ihm geheißen, und bald war das Gesicht des Mannes auf dem gesamten Bildschirm zu sehen.

»Bitte machen Sie einen Bildschirmabdruck und senden Sie das Bild an diese E-Mail-Adresse«, sagte Flynn und übergab Savoiardi die Visitenkarte von Botschafter Harlan.

Savoiardi folgte der Aufforderung und schickte das Foto an das E-Mail-Konto des Botschafters.

Flynn zog sein Smartphone aus der Jacke und wählte die letzte Nummer in der Anrufliste.

»Checken Sie bitte Ihre E-Mail. Der junge Mann auf dem Foto wird von dem Flüchtigen als Geisel gehalten.

Wir müssen herausfinden, wer er ist«, sagte Flynn. »Mr. Savoiardi, vielen Dank für Ihre Mitarbeit. Wir werden dafür sorgen, dass Sie für Ihre Hilfe belohnt werden.«

»Es war mir ein Vergnügen«, log Savoiardi. Er konnte es kaum erwarten, wieder zu Hause in seinem Bett zu liegen. Als er sich umdrehte, hatten Flynn und Cheng den Laden bereits verlassen. Savoiardi schaltete den Monitor und das Licht aus, schloss die Eingangstür und ging zu seinem Auto, froh, dass kein Strafzettel an der Windschutzscheibe klebte.

28

Rom, Kirche San Camillo de Lellis
10. März 2022, 22:54 Uhr

»Wir müssen die Polizei rufen«, flüsterte Carlo, damit Julianus, der immer noch am Küchentisch saß, ihn nicht hörte. Carlo, Valeria und Don Renato befanden sich im Flur in der Nähe des Vordereingangs, der in die Via Piemonte führte. »Der Mann ist verrückt! Er hat dreimal sein Schwert auf uns gerichtet! Ich meine, dreimal!«

»Er hatte Angst...« sagte Valeria.

»*Er* hatte Angst, hm? Und ich nicht? Ich erinnere nur daran, dass *er* derjenige mit dem Schwert war!«

»Wie würdest du dich fühlen, wenn du 2000 Jahre in die Zukunft reist und dich völlig allein und verletzt in einer Welt wiederfindest, die du nicht kennst und nicht verstehst? Dieser arme Kerl kann mit dem meisten, was er sieht, nichts anfangen... Autos, Smartphones, Kaffee, Kartoffeln, christliche Religion... Das ist alles neu für ihn! Er versteht nicht, was du und ich sagen... Das Wort *amica* hat er nur verstanden, weil es im Italienischen und im Lateinischen dasselbe Wort ist. Versetz dich mal in seine Lage.«

»Ok, nehmen wir mal an, dass dieser Typ wirklich aus der Vergangenheit kommt – was ich ernsthaft bezweifle. – Er hat uns erzählt, dass er durch eine Art Metallring gegangen ist und in einem Gebäude nicht weit von hier gelandet ist, richtig?«

»Richtig«, bestätigte Don Renato.

»Dann lasst uns diesen Ring finden! Wenn der Ring ihn hierher gebracht hat, kann der Ring ihn vielleicht auch zurückschicken!«

»Das ist ein guter Plan, *figliolo*. Wahrscheinlich gibt es da draußen schon jemanden, der nach ihm sucht«, sagte der Priester.

»Wahrscheinlich die Pfleger der Irrenanstalt, aus der er geflohen ist...« bemerkte Carlo sarkastisch. Valeria starrte ihn an.

»Wir müssen die Barbaren finden, vor denen Julianus flieht«, sagte Don Renato etwas zu laut.

Plötzlich wirbelte ein kalter Luftzug durch den engen Gang. Valeria verschränkte fröstelnd die Arme vor der Brust.

»Woher kommt dieser Luftzug?« fragte Don Renato verwirrt.

»Ich hoffe, es ist nicht...« Valeria sprang in die Küche, ohne den Satz zu beenden. Ein einziger Blick bestätigte ihre Befürchtungen. Das Fenster zur Via Mario Pagano stand weit offen, und die großen weißen Vorhänge bewegten sich in der leichten Brise, die in den kleinen Raum wehte. Julianus war verschwunden.

»Er muss Sie gehört haben, Vater«, rief Valeria besorgt aus. »Ich werde ihn suchen!« Sie sprang über die Fensterbank und rannte Julianus hinterher, wobei sie ihre in der Highschool-Leichtatlethik erworbene Sportlichkeit unter Beweis stellte.

»Stopp! Der Typ ist gefährlich!« rief Carlo ihr nach. Hin- und hergerissen zwischen der brüderlichen Liebe, die ihm befahl, seiner Schwester hinterherzulaufen und sie zu beschützen, und seinem Überlebensinstinkt, der ihm riet, sich von dem Legionär fernzuhalten, zögerte er einen Moment zu lange. Als Carlo schließlich über die

Fensterbank sprang, war Valeria bereits um die Ecke gebogen und nicht mehr zu sehen.

29

Rom, U.S. Botschaft
Privatbüro des Botschafters
10. März 2022, 22:55 Uhr

»Fred, ich bin's, John. John Morlock. Ich brauche deine Hilfe«, sagte Morlock, während er nervös im Büro des Botschafters hin- und herlief und sein Smartphone fest an sein rechtes Ohr presste. Der dicke blaue Teppich mit weißen und roten Blumenmustern – den Farben der amerikanischen Flagge – dämpfte das Geräusch seiner Schritte und verwandelte sie in ein Rascheln. Harlan saß an seinem Eichenschreibtisch und fummelte an einem eleganten dunkelroten Montblanc Meisterstück Füller mit Goldfeder herum.

»Aber sicher! Was kann ich für dich tun?« fragte in fröhlichem Ton Fred Di Vita am anderen Ende der Leitung.

Di Vita, ein 29-jähriger Texaner, dessen Großvater aus Syrakus in Italien in die USA ausgewandert war, gehörte zu den Computerfreaks der CIA. Als Absolvent des weltbekannten Massachusetts Institute of Technology (MIT) kam er eine Woche nach seinem Abschluss zur CIA. Seitdem arbeitete er in der Zentrale der Behörde in Langley, Virginia.

Mit seinen schwarzen Haaren, die er zu einem Pferdeschwanz zusammengebunden hatte, seinem unrasierten Bart und seinen leuchtend aquamarinblauen Augen war Di Vita in der Lage, Code in allen wichtigen Programmiersprachen zu schreiben. Berühmt wurde er in der Agentur jedoch durch die von ihm entwickelte Gesichtserkennungssoftware. Basierend auf FaceNet, einem tiefen neuronalen Netzwerk, das 2015 von einer Gruppe von Google-Forschern entwickelt wurde, konnte der junge Texaner dessen Genauigkeit erheblich verbessern und die Zeit, in der sein Algorithmus jedes neue Bild mit den zig Milliarden Bildern in der riesigen CIA-Datenbank verglich, drastisch reduzieren.

»In deinem Posteingang befindet sich eine E-Mail von Botschafter Harlan. Im Anhang befindet sich das Foto eines jungen Mannes. Wir glauben, dass er als Geisel festgehalten wird und sich möglicherweise in Lebensgefahr befindet. Wir brauchen dich, um seinen Namen und alle verfügbaren Informationen zu bekommen, damit wir ihn finden«, erklärte Morlock.

»Überlass das mir«, antwortete Di Vita sofort in einem ernsten Ton und legte auf.

***

Genau 16 Minuten und 37 Sekunden später klingelte das Telefon von Morlock.

»Carlo Betti, 24 Jahre alt, wohnhaft in Rom«, sagte Di Vita. »Er war vom 10. bis zum 24. Juli 2021 in New York. Sein Foto wurde von der TSA[148] bei der Landung auf dem Flughafen Newark aufgenommen und später in unsere Datenbank eingepflegt.«

»Wie können wir ihn finden?« fragte Morlock.

»Sobald ich seinen Namen kannte, habe ich eine Suche

[148] *Transportation Security Administration*, eine Regierungsbehörde der USA, die nach dem 11. September 2001 gegründet wurde und für die Flughafenkontrollen zuständig ist.

in allen wichtigen sozialen Medien durchgeführt... Facebook, Instagram, Twitter. Die Kontaktinformationen auf Mr. Bettis LinkedIn-Profil enthalten eine Handynummer.«

»Kannst du sie mir geben?« bat Morlock.

»Du brauchst sie nicht...« Di Vita antwortete mit einem Lächeln. »Vor einer Minute habe ich eine kleine Routine zur Geolokalisierung von Handys gestartet. Es funktioniert nur, wenn das Handy, das wir zu orten versuchen, das GPS eingeschaltet hat. In diesem Fall hatten wir Glück.«

»Wo ist er?«

»Nicht weit von dir entfernt. In dem Teil der Via Pagano, der zur Via Piemonte führt. Ich kann allerdings nicht sagen, auf welcher Seite der Straße. Der Ortungsfehler beträgt etwa zehn Meter, könnte aber größer sein, wenn sich das Telefon in einem Gebäude befindet, wovon ich ausgehe.«

»Fred, großartige Arbeit!« sagte Morlock triumphierend.

»Kann ich sonst noch etwas für dich tun?« fragte Di Vita, sichtlich zufrieden mit seiner Arbeit. Morlock hatte jedoch bereits aufgelegt.

***

»Lieutenant Flynn, Sie und Cheng werden die Kreuzung zwischen der Via Pagano und der Via Carducci beobachten«, befahl Major Young und zeigte auf eine Stelle auf der Google-Karte, die auf dem großen 70-Zoll-Monitor im Besprechungsraum neben seinem Büro angezeigt wurde.

»*Yes, sir!*« antwortete Flynn sofort.

»Lieutenant McDougall, Sie und Larson werden die

Kreuzung zwischen der Via Pagano und der Via Piemonte überwachen«, sagte Young und zeigte auf ein anderes Gebiet auf der Karte, etwa fünfzig Meter links von ersterem.

»*Yes, sir!*« sagte McDougall.

»March, Hott und ich werden alle Wohnungen in der Via Pagano überprüfen, eine nach der anderen. Dieses Mal wird er nicht weglaufen! Wenn er versucht, nach Westen zu fliehen, wird er McDougall und Larson in die Arme laufen. Wenn er in die andere Richtung geht, werden Flynn und Cheng ihn aufhalten. Niemand eröffnet das Feuer ohne meinen Befehl! Ist das klar?«

»*Yes, sir!*« antworteten die sechs Marines einstimmig.

»Los, schnappen wir ihn uns!« brüllte Young und schlug mit der Faust auf den Tisch.

Wenige Augenblicke später stürmten die sieben Soldaten aus dem Besprechungsraum.

30

Rom, Via Carducci
10. März 2022, 22:56 Uhr

Valeria erreichte die Kreuzung zwischen Via Pagano und Via Carducci. Sie sah sich um, wandte sich erst nach links, dann nach rechts. Sie sah nur ein paar Teenager, die sich vor der Eingangstür eines eleganten Gebäudes aus dem 19. Jahrhundert in Richtung Via Salandra leidenschaftlich küssten. Abgesehen davon sah die Straße menschenleer aus. In einem Fernseher lief laut eine Folge der beliebten Serie *Don Matteo*[149]. Valeria erkannte die Musik, die aus einem offenen Fenster des Gebäudes zu ihrer Linken kam.

Sie erinnerte sich, dass sie ihren alten blauen Fiat 500 am Abend zuvor in dieser Gegend geparkt hatte. Wenn sie richtig lag, stand der Wagen vor einem Reisebüro an der Ecke der Via Aureliana. Sie eilte zum Auto, zog die Schlüssel aus ihrer Jeanstasche, stieg ein und startete den Motor. Mit dem Auto konnte sie die Gegend viel schneller absuchen. Sie erinnerte sich daran, dass sie irgendwo gelesen hatte, dass römische Legionäre in der Lage waren, 30 bis 36 Kilometer in etwas mehr als fünf Stunden zu marschieren, mit einem Gewicht von über 30 Kilo auf dem Rücken. *Das ist definitiv viel mehr als alles, wozu ich in der Lage wäre*, dachte sie. Sie nahm sich fest vor, ab der nächsten Woche im Fitnessstudio ihre Schuldgefühle zu

[149] Mario Girotti (besser bekannt als Terence Hill) spielt die Hauptrolle des Pfarrers Don Matteo.

vertreiben.

Sie bog nach links in die Via Aureliana ein, fuhr um den Block und bog dann in die Via Quintino Sella ein. In diesem Moment reflektierten die LED-Scheinwerfer ihres Fiat 500 ein sich bewegendes metallisches Objekt an der Kreuzung mit der Via XX Settembre. Julianus' *lorica hamata*.

»Hab ich dich!« rief Valeria aufgeregt. Der Legionär bog um die Ecke, sein roter Umhang flatterte hinter ihm, und rannte weiter die Via XX Settembre entlang in Richtung Porta Pia.

In seinem Lauf bog Julianus an jeder Kreuzung abwechselnd nach links und nach rechts ab. Dieses Zickzackmuster minimierte die Gefahr, entdeckt zu werden, und brachte gleichzeitig so viel Abstand wie möglich zwischen ihn und seine Verfolger.

Valeria drückte das Gaspedal durch und erreichte in wenigen Sekunden das Ende der Via Quintino Sella. Die rote Ampel und das vorgeschriebene Rechtsabbiegen ließen ihr keine andere Wahl. Ohne zu zögern fuhr sie mit den rechten Rädern ihres Wagens auf den Bürgersteig – gerade weit genug, um die Kreuzung nicht zu verstopfen –, sprang aus dem Auto und rannte in dieselbe Richtung, die Julianus wenige Sekunden zuvor eingeschlagen hatte.

Sie entdeckte ihn wenige Meter vor sich vor einem Hoteleingang. Der Legionär bewegte sich nicht, die Beine leicht gespreizt, die rechte Hand gefährlich nahe am Griff seines Schwertes. Ein asiatisches Touristenpaar mittleren Alters, wahrscheinlich Japaner, stand vor ihm. Die Frau, in schwarzen Jeans und fuchsiafarbener Strickjacke, kramte in ihrer schwarzen Ledertasche. Der Mann, der eine marineblaue Sportjacke über einer beigen

Baumwollhose trug, winkte dem Legionär zu, nur noch ein paar Sekunden zu warten.

Valeria ahnte das Unheil, das sich anbahnte. Die beiden asiatischen Touristen wollten ein Foto mit dem Legionär machen, und die Frau suchte in ihrer Handtasche nach ihrem Smartphone. Julianus fühlte sich bedroht und war bereit, sein Schwert zu ziehen. Wenn die Frau ihr Handy auf ihn richtete, würde Julianus es wahrscheinlich für eine Waffe halten und mit seinem Schwert zuerst zuschlagen.

»Julianus!« rief Valeria und stürmte auf ihn zu. Der Legionär drehte langsam seinen Kopf zu ihr, während er immer noch die Bewegungen des japanischen Paares beobachtete.

»*Julianus, non fuggire! Sono tua amica!*[150]« rief Valeria. Sie versuchte, Wörter zu benutzen, die im Italienischen und Lateinischen ähnlich klangen – so viel, wie sie sich aus ihrer Schulzeit erinnerte.

Julianus verstand offenbar. Die Anspannung in seinem Gesicht ließ nach, und Valeria hatte den Eindruck – oder bildete sie sich das nur ein? –, dass der Legionär sie kurz anlächelte.

Valeria ging auf ihn zu. Sie berührte seinen Arm und sagte: »Komm mit mir!«

Der Japaner protestierte in seiner Sprache und drückte wahrscheinlich seinen Unmut darüber aus, dass er eine Fotogelegenheit verpasst hatte, ohne sich des Risikos bewusst zu sein, das er einging.

»*Quo imus?*[151]« fragte Julianus.

»*'Ndo imo?*[152]« wiederholte Valeria. Sie lächelte bei dem Gedanken, wie viele Wörter im römischen Dialekt

---

[150] *Julianus, nicht weglaufen! Ich bin eine Freundin!*
[151] *Wo gehen wir hin?* [Latein]
[152] *Wo gehen wir hin?* [Römischer Dialekt]

ähnlich wie Latein klangen. »*Imo al Palatino!*[153]«

Julianus' Mund weitete sich zu einem strahlenden Lächeln. Valeria empfand plötzlich tiefe Traurigkeit über das, was der Mann in ein paar Minuten sehen würde. Aber es war an der Zeit, dass Julianus die Wahrheit erfuhr, so schmerzhaft sie auch war.

***

Was ihm in dieser Stadt am meisten auffiel – Julianus konnte immer noch nicht verstehen, wo er sich befand und vor allem, wie er dorthin gekommen war – waren die Lichter. Lichter ohne Feuer. Überall. Bunt. Lichter über den Eingängen zu den *tabernæ*, Lichter über den *viæ*[154], die von Laternen geworfen wurden, die an Seilen befestigt waren – zumindest sahen sie für ihn wie Seile aus –, Lichter an den Fenstern der *insulæ*, Lichter an den *trivii* und *quadrivii*[155]. An Straßenkreuzungen, so stellte er fest, wurde das Licht von Lampen erzeugt, die an grünen vertikalen Masten hingen und nur drei Farben hatten: oben rot, unten grün, in der Mitte orange. Er bemerkte, dass die pferdelosen Metallwagen – sie hatten ebenfalls Lichter, sowohl innen als auch außen – mit dem oberen roten Licht anhielten und mit dem unteren grünen Licht weiterfuhren.

Die Menge der Metallwagen schockierte ihn. Sie waren überall. Sie standen oft chaotisch am Straßenrand oder bewegten sich durch die Straßen. In den meisten Fällen befanden sich nur ein oder zwei Personen pro Wagen, obwohl es genug Platz für vier oder fünf von ihnen gab.

---

[153] *Wir gehen auf den Palatin!*

[154] *Straße* (Singular: *via*).

[155] Schnittpunkte von 3 bzw. 4 Straßen.

Obwohl es schon spät in der Nacht war – der Halbmond am Himmel hatte bereits seinen Untergang begonnen, so dass er schätzte, dass es auf die *tertia vigilia noctis*[156] zuging –, waren die Straßen noch sehr belebt. Allerdings gab es viele Wagen, aber nur sehr wenige Fußgänger, stellte er verwundert fest.

Er befand sich in einer majestätischen Stadt, wo immer sie auch sein mochte. In den letzten Minuten bewunderte er imposante *insulæ*, einen grandiosen Brunnen mit ionischen Säulen und weißen Marmorlöwen, einen majestätischen halbkreisförmigen Platz mit beeindruckenden Arkaden und einen großen runden Brunnen, der reich mit eleganten Meeresfiguren verziert war. Julianus war erstaunt über diese Wunder. Und besorgt: Die Barbaren, die diese Stadt bewohnten, verfügten über ein technisches Wissen, das dem der Römer überlegen war. Und deshalb waren sie eine Bedrohung für Rom.

***

Er hat noch nicht begriffen, dass er in der Zukunft ist, dachte Valeria. Sie sah Julianus aus dem Augenwinkel an, während die Ampel an der Kreuzung zwischen Via XX Settembre und Largo di Santa Susanna auf Grün schaltete. Julianus betrachtete ehrfürchtig die Gebäude um ihn herum, als wolle er sich jedes einzelne Detail einprägen. Valeria empfand aufrichtiges Mitleid mit einem Mann, der nicht verstand, was mit ihm geschehen war, und der wie

[156] Der dritte der 4 gleich langen Abschnitte, in die die Römer die Nacht einteilten. Im März entspricht sie ungefähr der Zeit zwischen Mitternacht und 3:00 Uhr morgens.

ein verlorenes Kind versuchte, nach Hause zurückzukehren. Doch sein Zuhause gab es schon seit 20 Jahrhunderten nicht mehr.

Valeria bog in die Via Vittorio Emanuele Orlando ein. Sie ließ die Fontana dell'Acqua Felice links liegen und fuhr zur Piazza della Repubblica. Der Platz war bis 1960 unter dem Namen Piazza dell'Esedra bekannt, wegen seiner halbkreisförmigen Kolonnade, die dem Umfang der großen Exedra der Diokletiansthermen entsprach. Sie umfuhr die Fontana delle Naiadi in der Mitte des Platzes und hielt in Richtung Via delle Terme di Diocleziano. Julianus beobachtete mit offenem Mund die suggestive nächtliche Beleuchtung der Fontana delle Naiadi und des Halbkreises der Piazza della Repubblica.

***

Einige Minuten später fuhr der blaue Fiat 500 die Via Druso entlang, die die Piazza di Porta Metronia mit dem Piazzale Numa Pompilio auf dem Caelius[157] verbindet. Valeria verlangsamte das Tempo und hielt an der roten Ampel am Ende der Straße an. Sie warf einen melancholischen Blick auf eine kleine rötliche Villa aus den 1930er Jahren zu ihrer Linken, die von alten Seekiefern umgeben war und teilweise von einer hohen Backsteinmauer verdeckt wurde. Die Villa Sordi war über vierzig Jahre lang der Wohnsitz des berühmten römischen Schauspielers Alberto Sordi gewesen, bis zu seinem Tod am 24. Februar 2003. Valeria war erst sechs Jahre alt, als er starb, aber sie liebte Sordis Filme sehr, insbesondere *Liebenswerte Gegner*, einen Film von 1961 mit dem

[157] Einer der sieben Hügeln von Rom.

römischen Schauspieler und dem Briten David Niven in den Hauptrollen.

Als die Ampel auf Grün schaltete, bog Valeria nach rechts ab und fuhr in die von Bäumen gesäumte Viale delle Terme di Caracalla ein, vorbei an den Überresten der monumentalen kaiserlichen Thermen aus dem dritten Jahrhundert zu ihrer Linken. Sie beschleunigte, nutzte die vier Fahrspuren und den geringen Verkehr und fuhr in Richtung Circus Maximus. Der im Murcia-Tal an den Hängen des Aventin und des Palatin gelegene Circus Maximus gilt mit einer Länge von 620 Metern und einer Breite von 140 Metern als der größte Unterhaltungskomplex der Welt. Seit den Anfängen Roms war er Schauplatz von Spielen. Julius Cäsar gab ihm ab 46 v. Chr. seine endgültige Form.

***

Der Metallwagen fuhr schnell die lange, von Bäumen gesäumte Allee hinunter – schneller als jede *biga*[158] die er je gesehen hatte – und erreichte ein großes Tal. Da gab es außer einem Backsteinturm[159] direkt vor ihm keine Gebäude. Julianus hatte ein Gefühl von *déjà vu*, als ob er diesen Ort kennen würde. Er betrachtete das Tal mit seinen zahlreichen Reihen von Travertinstufen, die die Seiten des Beckens mit dem Boden verbanden. Er ließ seinen Blick zu den beiden Hügeln links und rechts schweifen. Dann blickte er wieder auf das Tal. Endlich verstand er. Die harte Wahrheit drückte Julianus atemlos gegen den Sitz

---

[158] Streitwagen mit zwei Pferden.

[159] *Torre della Moletta* (Moletta-Turm) ist ein mittelalterliches Verteidigungsgebäude am südöstlichen Ende des Circus Maximus.

des metallenen Wagens.

»*Siste carrum! Siste!*[160]« rief er, als der Wagen über die Piazza di Porta Capena fuhr und in die Via dei Cerchi einbog. Valeria starrte ihn an, ohne zu verstehen, was er sagte.

Julianus begann, an der Autotür zu seiner Rechten herumzufummeln und versuchte, sie zu öffnen. Valeria bremste instinktiv und lenkte abrupt nach rechts. Sie fuhr auf den Bürgersteig und schnitt einen Jungen auf einer roten Vespa, der ihr eine Reihe von bunten und unwiederholbaren Schimpfwörtern entgegenbrüllte. Julianus sprang aus dem Auto und eilte auf die andere Straßenseite. An einer niedrigen, kniehohen Travertinwand blieb er stehen und blickte ins Tal.

»*Circus Maximus... Mons Palatinus*[161]...« stammelte er, während er ungläubig auf die Ruinen dessen blickte, was einst prächtige Gebäude[162] und feierliche Tempel waren, architektonische Symbole der Größe Roms.

Er fiel auf die Knie, die Hände in den Haaren, unfähig, die entsetzliche Offenbarung zu akzeptieren. Und er schrie. Er schrie so laut er konnte. Ein Schrei der Wut und Verzweiflung. Alles, woran er geglaubt und wofür er gekämpft hatte, existierte nicht mehr. Seine Lieben waren tot, weg, wer weiß wann. Er spürte eine Hand, die sanft seine linke Schulter berührte. Er blickte auf und sein Blick traf auf Valerias tränenverschleierte Augen.

---

160 *Halte den Streitwagen an! Stopp!*

161 *Palatin.*

162 *Mons Palatinus* oder *Palatium* war im kaiserlichen Rom die Residenz des Kaisers. Im Laufe der Zeit wurde das Wort zum Synonym für „Prachtbau“. Auf das Wort *Palatium* gehen *palace* (englisch), *palacio* (spanisch), *palais* (französisch), *Palast* (deutsch) und *palazzo* (italienisch) zurück.

***

»*Quotus est annus?*[163]« fragte Julianus in einem traurigen Ton.

»Einen Moment, bitte«, sagte Valeria. Sie zeigte ihm die offene Handfläche ihrer rechten Hand in einer Geste, die sie für die universelle Geste hielt, mit der sie um Geduld bat. Julianus schnappte kurz nach Luft und runzelte die Stirn. Bei den Römern seiner Zeit signalisierte die Geste Ablehnung für etwas oder jemanden.

Valeria zog ihr Smartphone aus der Tasche ihrer Jeans. Sie startete die App Google Translate und wählte Italienisch und Latein als Sprachen aus.

»*Quid a me quæsivisti?*[164]« Valeria buchstabierte langsam die Worte, die auf dem Bildschirm angezeigt wurden.

»*Quotus est annus?*« fragte Julianus erneut.

Valeria zeigte, dass sie ihn verstanden hatte. Sie gab das Wort *duemilaventidue*[165] in das Textfeld mit der Aufschrift *Italienisch* ein und drückte die Eingabetaste.

»*Sumus in anno bismillesimo vicesimo secundo post Christum natum*[166]«, sagte sie ein paar Sekunden später, nicht ohne Schwierigkeiten.

»*Christum? Dominum Renati?*«

Valeria erinnerte sich an das, was Don Renato ihr weniger als eine Stunde zuvor gesagt hatte, und antwortete mit einem Lächeln. »*Christus dominus Renati non est.*[167]«

Sie winkte ihm erneut zu, zu warten, während sie nach

---

[163] *Welches Jahr ist es?*

[164] *Was hast du mich gefragt?*

[165] Zweitausendzweiundzwanzig.

[166] *Wir befinden uns im Jahr 2022 nach der Geburt Christi.*

[167] *Christus ist nicht der Besitzer von Renato.*

einer Website googelte, um die Jahre nach dem Gregorianischen Kalender[168] in Jahre ab Urbe condita, d. h. seit der Gründung Roms, umzurechnen.

»*Sumus in anno bismillesimo septingentesimo septuagesimo quinto ab Urbe condita.*[169]«

Julianus riss die Augen weit auf. »*Quid evenit Romæ?*[170]« fragte er.

Valeria tippte ein paar Sekunden auf dem Smartphone, dann las sie. »*Imperium romanum corruit anno millesimo ducentesimo vicesimo nono ab Urbe condita.*[171]«

»*Imperium? Quid evenit rei publicæ?*[172]«

»*Cæsare cæso res publica in imperium transmutata est*[173]«, erklärte Valeria mit Hilfe des Online-Übersetzers.

»*Cæsar cæsus est?*[174]« rief Julianus erschrocken aus.

Valeria tippte schnell eine Reihe von Befehlen auf dem Touchscreen ihres Smartphones ein. Dann übergab sie es Julianus und sagte: »*Hic lege. Latine scriptum est.*[175]«

Sie hielt seinen rechten Zeigefinger und zeigte ihm, wie er auf dem Display nach unten und oben scrollen konnte. Dann zeigte sie ihm, wie man mit Daumen und Zeigefinger hinein- und herauszoomt.

Julianus begann zu lesen und runzelte dabei leicht die Stirn. Valeria schaute ihn ein paar Sekunden lang amüsiert an: Ein alter Römer las Wikipedia auf einem Smartphone! Erst in diesem Moment erinnerte sie sich daran, dass ihre

---

[168] Er wurde 1582 von Papst Gregor XIII. eingeführt und ist heute der überall auf der Welt gebräuchliche Kalender.

[169] *Wir befinden uns im Jahr 2775 seit der Gründung Roms.*

[170] *Was ist mit Rom geschehen?*

[171] *Das Römische Reich fiel 1229 nach der Gründung Roms.*

[172] *Reich? Was ist mit der Republik passiert?*

[173] *Nach Cäsars Ermordung wurde die Republik zu einem Imperium.*

[174] *Cäsar wurde ermordet?*

[175] *Lies hier. Es ist in Latein geschrieben.*

Mailbox noch an war. Julianus zu bitten, ihr das Smartphone zurückzugeben, erschien ihr jedoch unhöflich. Er würde den Grund nicht verstehen, und sie wäre nicht in der Lage, es ihm zu erklären, mit oder ohne Google Translate. *Ich werde es später tun*, dachte sie. Und sie würde auch Carlo anrufen, um ihn wissen zu lassen, dass es ihr gut ging. Eine kleine Stimme flüsterte ihr zu, dass Carlo höchstwahrscheinlich besorgt war und es das Beste wäre, ihn jetzt anzurufen. Aber Valeria ignorierte sie.

»Komm!« sagte sie. »Ich will dir einen Ort zeigen.«

Julianus hob für einen Moment den Blick vom Smartphone, ohne zu verstehen. Dann las er weiter.

Valeria ergriff seine Hand und führte ihn zu dem Fiat 500, der auf der anderen Straßenseite vor einem langen grünen schmiedeeisernen Geländer parkte, das die archäologische Stätte vom Palatin umgab. Sie steckte die Schlüssel ins Schloss und startete den Vierzylindermotor. Sie fuhr um den Circus Maximus herum, entlang der Via dell'Ara Massima di Ercole und später der Via del Circo Massimo. Dann überquerte sie die Piazza di Porta Capena und nahm wieder die Via delle Terme di Caracalla in Richtung Via Cristoforo Colombo.

31

Rom, Via Mario Pagano
10. März 2022, 23:24 Uhr

»Wer kann das zu dieser Stunde sein?« fragte Manlio De Zoldis seine Freundin Debora, eine lockige Brünette.

Debora zuckte mit den Schultern, ohne ihn anzusehen, und konzentrierte sich darauf, ihre Fußnägel schwarz zu lackieren. Der Fernseher war auf einen internationalen Musiksender eingestellt und strahlte ein Video von Metallica aus, der Lieblingsband des Paares.

Manlio stellte die Flasche Peroni-Bier auf den Couchtisch neben dem Sofa und ging barfuß zum Eingang. Die Türglocke läutete ein zweites Mal.

»Einen Moment! Ich kann nicht fliegen!« beschwerte sich Manlio. Er schaute durch das Guckloch und sah drei Soldaten auf dem Treppenabsatz.

»Debora! Was hast du getan? Uniformierte sind hier!« fragte er, darauf bedacht, von den Soldaten nicht gehört zu werden.

»Ich habe nichts getan! Was hast *du* getan?« erwiderte Debora, den Blick auf ihre Füße gerichtet.

Manlio zuckte mit den Schultern und öffnete die Tür. *Immerhin habe ich in letzter Zeit kein Verbrechen begangen*, dachte er.

Der älteste der drei Soldaten und scheinbare Anführer sprach auf Italienisch: »Es tut uns sehr leid, dass wir Sie stören. Wir sind auf der Suche nach einem römischen Legionär.«

»Sie haben aber lange gebraucht, um die Suche zu

organisieren!«

»Haben Sie ihn gesehen? War er hier?« fragte Young, gleichzeitig hoffnungsvoll und verwirrt von den Worten des Mannes.

»Das letzte Mal, dass ein Legionär in dieser Gegend gesehen wurde, war vor etwa 15 Jahrhunderten, mehr oder weniger«, antwortete Manlio spöttisch. »Sie haben lange gebraucht, um mit der Suche zu beginnen.«

»Klugscheißer!« zischte Young und gab March und Hott ein Zeichen, in die nächste Wohnung zu gehen.

»Wird noch jemand vermisst? Ich weiß nicht... ein paar griechische Hopliten? Ein ägyptischer Pharao?« fragte Manlio. Aber die drei Marines waren bereits auf dem Weg in das Stockwerk darüber.

Manlio schloss die Tür und setzte sich wieder auf die Couch, um sein Bier auszutrinken. Debora hatte den Nagellack auf ihrem rechten Fuß aufgetragen und konzentrierte sich jetzt auf den linken.

32

Rom, Kirche San Camillo de Lellis
10. März 2022, 23:37 Uhr

»Keine Chance! Bei ihr geht sofort die Mailbox an!« beschwerte sich Carlo frustriert und knallte sein Samsung S7 widerwillig auf den Küchentisch, während eine aufgezeichnete Stimme ihn zum x-ten Mal aufforderte, eine Nachricht nach dem Ton zu hinterlassen. Er hatte die Nummer seiner Schwester mindestens zwanzig Mal gewählt, seit Valeria vor knapp einer Stunde hinter dem Legionär hergelaufen war. Carlo wusste, dass seine Schwester immer ihre Mailbox anschaltete, wenn sie mit Freunden oder Verwandten zu Abend aß. Sie fand es sehr unhöflich, während des Essens Anrufe entgegenzunehmen und die Unterhaltung der Gäste zu stören. Dieser Abend war keine Ausnahme. Während des Abendessens bei *Giggetto's* hatte sie die Mailbox eingeschaltet und noch immer nicht umgestellt.

Das schrille Klingeln der Gegensprechanlage ließ ihn aufschrecken.

»Das muss Valeria sein!« sagte Carlo voller Hoffnung und eilte zum Eingang. Carlo öffnete die Tür weit und sah fünf Soldaten in blauer Uniform vor sich stehen, vier Männer und eine Frau.

»Ich bin Major Young, United States Marine Corps«, sagte der älteste der fünf, ein massiger Mann mit rasiertem Haar. Sein blasser Teint erinnerte Carlo an den Mozzarella, den er zum Abendessen hatte. Die Augen des Mannes waren türkisblau.

»Ich glaube, das sind die Barbaren, vor denen unser Freund geflohen ist...« Don Renato flüsterte so, dass nur Carlo ihn hören konnte.

***

»Lassen Sie uns zusammenfassen, Mr. Betti«, sagte Young zu Carlo. »Der Legionär entkam einige Minuten vor 23 Uhr durch das Fenster und ging in Richtung Via Carducci. Ihre Schwester ist ihm nachgelaufen, aber bisher konnten Sie sie nicht erreichen, da ihr Telefon auf die Mailbox geht.«

»Das ist richtig«, bestätigte Carlo.

Young zog ein iPhone aus seiner Jackentasche und wählte eine Nummer in der Anrufliste aus. Eine männliche Stimme meldete sich nach dem ersten Klingeln.

»Lieutenant Flynn, lokalisieren Sie die Handynummer, die ich Ihnen sagen werde. Mr. Betti«, sagte er zu Carlo, »wie lautet die Nummer Ihrer Schwester?«

Young nannte Flynn die Nummer, die Carlo ihm gegeben hatte, Ziffer für Ziffer. Dann steckte er das Telefon zurück in seine Tasche.

»Mr. Betti... Vater...« sagte Young nach ein paar Sekunden. »Wir würden es begrüßen, wenn Sie mit uns in die Botschaft kommen würden. Wir möchten, dass Sie mit jemandem sprechen.«

Obwohl höflich formuliert klang Youngs Bitte wie ein Befehl, den Carlo und Don Renato nicht ignorieren konnten. Der Priester zog sich einen schwarzen Trenchcoat an, schloss die Haustür hinter sich ab und ging mit Carlo in Richtung Via Sallustiana. In ihrer Begleitung befand sich eine Frau, die sich zuvor als Leutnant McDougall vorgestellt hatte.

***

Ein paar Minuten später klingelte das iPhone von Young.

»Wir haben das Telefon von Frau Betti lokalisiert. Castel Fusano, Lungomare Amerigo Vespucci, in der Nähe des Restaurants *Peppino a Mare*«, verkündete Flynns Stimme.

»Holen Sie sie! Und bringen Sie Cheng mit«, befahl Young.

33

Rom, U.S. Botschaft
Gästesuite
10. März 2022, 23:51 Uhr

Leutnant McDougall führte Carlo und Don Renato in eine elegante Suite im obersten Stockwerk des Palazzo Margherita aus dem 19. Jahrhundert, der seit 1931 Sitz der Botschaft der Vereinigten Staaten in Italien war.

Ein kostbarer weiß-grüner Perserteppich mit Flachgewebe und floralen Mustern füllte die Mitte des Wohnzimmers. Eine dunkelgrüne, Zweisitzer Ledercouch von Chesterfield stand vor der rechten Wand, direkt gegenüber einem modernen 60-Zoll-Flachbildfernseher. Ein großes Fenster mit Buchenholzrahmen gegenüber der Eingangstür gab den Blick auf die Via Veneto frei. Links und rechts des Fensters standen zwei kleine Sessel im gleichen Stil und Farbe wie die Couch. In der Ecke zwischen der Couch und einem der Sessel stand eine Stiellampe aus Kirschholz mit Intarsien und verstärkte das sanfte Licht des feinen Kronleuchters aus Muranoglas[176] mit smaragdgrünen tropfenförmigen Pendelleuchten. Auf dem Couchtisch aus Nussbaumholz mit Glasplatte rechts neben dem Fernseher standen zwei verschlossene Flaschen und ein inzwischen kaltes Abendessen.

Ein älterer Mann mit schneeweißem Haar und intensiven blauen Augen betrachtete sie. Er saß in einem

[176] Insel in der Nähe von Venedig, bekannt für ihre lange Tradition exquisiter Glasherstellung.

Rollstuhl auf der Türschwelle, die das Wohnzimmer vom Schlafzimmer trennte, rechts neben dem Couchtisch.

»Ich bin Professor Guido Lionhill. Bitte kommen Sie herein«, sagte der Mann in einem freundlichen Ton, während er auf die Couch deutete. Seine Augen zeigten Müdigkeit und Besorgnis.

»Danke«, erwiderte Carlo, während er sich neben Don Renato auf die Couch setzte und die Vorstellungsrunde beendete. McDougall blieb an der Eingangstür der Suite stehen.

»Mir wurde gesagt, dass Sie, Vater, ein langes Gespräch mit dem Legionär hatten. Wären Sie so freundlich, mir zu sagen, was er Ihnen erzählt hat?« fragte Lionhill. »Und vor allem, was *Sie ihm* erzählt haben. Versuchen Sie, nichts auszulassen, wenn Sie können.«

»Gewiss, Professor«, antwortete Don Renato.

***

Der Priester sprach etwa zehn Minuten lang und berichtete detailliert, was Julianus ihm eine Stunde zuvor erzählt hatte. Er sprach von der Insel Crepsa, dem Krieg in Gallien und dem Bürgerkrieg zwischen Cäsar und Pompeius. Don Renato berichtete alle Einzelheiten, an die er sich mit Hilfe von Carlo erinnern konnte. Obwohl er sich nicht direkt an dem Gespräch mit dem Legionär beteiligt hatte, bewies Carlo ein besseres Gedächtnis als der Priester. Er erinnerte sich an eine Reihe von Details, die Don Renato in seiner Erzählung unbeabsichtigt ausgelassen hatte. Don Renato beschrieb Julianus' Reaktion auf den vom Smartphone wiedergegebenen Audio-Clip und seine Verwirrung angesichts von Kaffee, Tomaten und Kartoffeln. Er berichtete auch widerwillig, dass der Legionär glaubte, Jesus Christus sei sein Besitzer und er sei einer seiner Sklaven.

Lionhill hörte schweigend zu und unterbrach den Priester nicht. Als Don Renato mit seiner Geschichte fertig war, saß der Professor noch eine Weile schweigend da. Er streichelte seinen weißen Bart, während er aus dem Fenster schaute und den Horizont absuchte.

Nach ein paar Sekunden erwachte Lionhill plötzlich aus seinen Gedanken und wandte sich an Don Renato.

»Nach dem, was Sie mir erzählt haben, Vater, glaube ich nicht, dass Sie etwas Gefährliches verraten haben. Von einem pferdelosen, metallenen Wagen überfahren zu werden, eine Stimme aus einem Gegenstand zu hören oder eine unbekannte Speise zu sehen oder zu schmecken, sind Ereignisse, die wahrscheinlich keine Folgen für die Zukunft haben werden, wenn der Legionär wieder in seiner Zeit ist. Wenn ich das richtig verstehe, glaubt der Legionär immer noch, dass Jesus Christus Ihr Besitzer ist, habe ich recht?« fragte Lionhill, der sich ein Lächeln nicht verkneifen konnte.

»Ja, ich glaube schon«, gab Don Renato traurig zu.

»Ausgezeichnet! Das sind gute Neuigkeiten!« Lionhill rief erleichtert aus. »Haben Sie ihn gefunden?« fragte er McDougall.

»Negativ, Professor. Er ist verschwunden«, antwortete McDougall mit einem traurigen Blick und senkte die Augen.

»Ich glaube, Ihnen ist klar, Lieutenant, welche katastrophalen Folgen uns drohen, wenn dieser Mann nicht in seine Zeit zurückgeschickt wird«, sagte Lionhill in hartem Ton. »Es steht nicht nur das Leben des Legionärs auf dem Spiel... Es geht um viel, viel mehr. Vielleicht sogar die Welt, wie wir sie kennen«, fügte der Professor hinzu, wobei er auf jedes Wort achtete.

»Was meinen Sie?« fragte Carlo verwirrt.

Der Professor senkte den Blick, als ob er seine Gedanken sammelte. Seine Hände spielten nervös mit einem gelben Druckbleistift. Dann hob er den Blick und sah Carlo, der vor ihm auf dem Sofa saß, intensiv an.

»Haben Sie jemals *Zurück in die Zukunft* gesehen? Den ersten Film der Trilogie?« fragte er.

»Ja, mehr als einmal«, antwortete Carlo.

»Großartig. Marty McFly, die Hauptfigur des Films, entkommt einer Gruppe von Terroristen in einem DeLorean, dem Auto, das Dr. Brown in eine Zeitmaschine verwandelt hat, und findet sich dreißig Jahre in der Vergangenheit wieder. Dort lernt er Lorraine kennen, seine zukünftige Mutter, die sich in ihn verliebt. Erinnern Sie sich, was mit dem Bild passiert, das Marty bei sich trägt und das ihn mit seinen Geschwistern zeigt?«

»Ja, alle drei beginnen nach und nach zu verschwinden«, sagte Carlo und runzelte die Stirn.

»Genau. Es ist ein Zeitparadoxon. Wenn Lorraine sich in Marty verliebt und George, ihren zukünftigen Ehemann und Martys Vater, zurückweist, werden weder Marty noch seine Geschwister jemals geboren. Das Paradoxon besteht darin, dass Lorraine George zugunsten eines Mannes zurückweisen würde, der niemals existieren könnte, es sei denn, sie weist George *nicht* zurück. Können Sie mir folgen?«

»Ja«, nickte Carlo. »Ich glaube, ich verstehe, was Sie meinen.«

»*Zurück in die Zukunft* zeigt uns, wie Martys Zeitreise die Zukunft verändern und dazu führen könnte, dass er und seine Geschwister nicht mehr existieren. Und die Zeitreise im Film ist nur auf dreißig Jahre begrenzt. Die Zeit einer einzigen Generation.«

Lionhill schwieg einige Augenblicke lang und spielte weiter mit seinem Druckbleistift. Er atmete laut ein und aus und fuhr dann fort.

»Unser Legionär ist über 2000 Jahre durch die Zeit gereist. *Zwei-tau-send*«, betonte Lionhill jede Silbe. »Haben Sie eine Vorstellung davon, wie viele Generationen es in 2000 Jahren geben könnte? Achtzig, vielleicht sogar mehr. Wir wissen nichts über diesen Mann. Wir wissen nicht, was er hätte tun können, wenn er nicht hier gelandet wäre. Er könnte jemandem das Leben gerettet haben, er könnte jemanden getötet haben. Dieser Mann ist ein Legionär. Er hätte etwas sagen oder tun können, das politische oder militärische Entscheidungen beeinflusst hätte. Wir wissen nicht einmal, ob er Kinder gehabt haben könnte.«

Lionhill hielt wieder inne und senkte den Blick auf den Perserteppich unter seinen Füßen. Er legte den Druckbleistift auf den Couchtisch neben die Flasche Chianti. Dann verschränkte er die Finger ineinander als wolle er beten.

»Nach allem, was wir wissen, könnte die Nachkommenschaft dieses Mannes in über achtzig Generationen Hunderttausende von Menschen umfassen. Jüngsten Studien zufolge sind 16 Millionen Männer – 0,5 % der gesamten männlichen Weltbevölkerung – direkte Nachkommen des mongolischen Herrschers Dschingis Khan. Sie alle haben das gleiche Y-Chromosom, das vor etwa tausend Jahren in der Mongolei entstand. *Ich* könnte ein Nachkomme von Julianus sein, ohne es zu wissen. Vielleicht auch *Sie.* Wenn er nicht in seine Zeit zurückreist, könnten wir alle verschwinden. So wie Marty und seine Geschwister in

Zurück in die Zukunft. Als ob wir nie existiert hätten. Das Gleiche gilt für die Nachkommen derer, die dieser Mann hätte retten können, wenn er in seiner Zeit geblieben wäre. Millionen von Menschen könnten aus der Geschichte getilgt werden. Im Gegensatz dazu würde es Millionen anderer geben, die in unserem Zeitkontinuum nie existiert haben.«

»Meinen Sie die Nachkommen von Julianus' zukünftiger Frau, die geboren werden könnten, wenn Julianus nicht zurückkehrt und diese Frau einen anderen Mann heiratet?« fragte Carlo.

»Ja«, bestätigte Lionhill. »Aber nicht nur sie. Ich spreche auch von den Nachkommen aller Männer, die Julianus getötet hätte. Sie würden nie in unserem Zeitkontinuum geboren.«

Lionhill schloss die Augen, als wolle er nicht sehen, was er gleich sagen würde.

»Die Geschichte, wie wir sie kennen, könnte sich dramatisch verändern. Wenn es Christoph Kolumbus nicht gegeben hätte, wer hätte dann Amerika entdeckt, und wann? Wenn es Garibaldi nicht gegeben hätte, wäre Italien dann 1861 geeint worden? Vielleicht hätte das *Regno delle Due Sicilie*[177] gesiegt, und die italienische Einheit wäre vom Süden aus erreicht worden... Wenn es Marconi nicht gegeben hätte, wer hätte das Radio erfunden, und wann? Die Liste ließe sich beliebig fortsetzen... Künstler und Wissenschaftler, Staatsoberhäupter und Könige, Sportler und Schauspieler, Soldaten und einfache Leute.«

Lionhill hielt kurz inne. Dann schaute er McDougall direkt in die Augen und sagte: »Finden Sie diesen Mann und schicken Sie ihn zurück, um Himmels willen!«

---

[177] Königreich beider Sizilien.

34

Lido di Castel Fusano
10. März 2022, 23:53 Uhr

Valeria lehnte sich an eine der Badekabinen, die das Badehaus in einem abwechselnden Zyklus von blau, gelb und rot abgrenzten. Sie zog Turnschuhe und Socken aus und ging barfuß mit den Schuhen in der Hand zum Ufer. Die kalten Sandkörner glitten zwischen ihre Zehen und kitzelten sie angenehm.

Die Wellen des Tyrrhenischen Meeres trafen in einer rhythmischen und unerbittlichen Bewegung ans Ufer und umschlangen geräuschvoll die Körner des schwarzen, groben Vulkansandes der römischen Küste. Die dünne Linie weißen Schaums, die jede Welle hinterließ, wurde sofort von der nächsten weggeschwemmt. Eine leichte Brise wehte vom Meer her und streichelte Valerias Gesicht und ihr langes lockiges Haar. Julianus nahm seine *caligæ* nicht ab und folgte ihr schweigend mit ein paar Schritten Abstand.

Valeria tauchte ihre nackten Füße in das kalte Wasser, schloss die Augen und atmete tief ein, betört von dem Geruch der salzigen Luft und dem Rauschen der Wellen. Der Mond schien am Himmel und sein silberner Widerschein flimmerte über dem Wasser, als würde er vom Atem des Meeres bewegt.

Valeria kam in Momenten der Traurigkeit und des Kummers hierher. Das Rauschen der Wellen und der Geruch des Meeres gaben ihr Frieden und Gelassenheit. Sie war vor sieben Jahren hergekommen, als ihre Eltern ihr mitteilten, dass bei Carlo – ihrem *gnappetto*[178], wie sie ihn liebevoll nannte – ein Gehirntumor diagnostiziert worden war. Damals hatte sie beschlossen, Medizin zu studieren und sich später auf Onkologie zu spezialisieren. Sie wollte ihren kleinen Bruder und alle, die wie er gegen das unsichtbare Monster Krebs kämpften, retten.

Und sie hoffte, dass Julianus dort auch etwas Frieden finden würde. Die Wahrheit hatte ihn erschüttert. Valeria würde nie die Verzweiflung in seinen Augen vergessen, als er die Ruinen des Circus Maximus und des Palatin sah. Während der Fahrt nach Castel Fusano sagte Julianus kein Wort. Sein Blick war auf das Smartphone gerichtet, voll konzentriert darauf, immer wieder die Wikipedia-Seite zu lesen, die sie ihm gezeigt hatte.

»Meine Eltern haben mich als Kind immer in dieses Badehaus mitgenommen«, sagte Valeria, um das Schweigen zu brechen. Sie sah Julianus' verwirrten Blick und fügte mit Hilfe von Handgesten hinzu: »*Ego... puella... hic... cum familia mea.*[179]«

Julianus verstand und nickte lächelnd.

Wenn ich doch nur mehr von dem Latein wüsste, das ich in der Schule gelernt habe, dachte Valeria. Es wäre wundervoll, sich mit einem so geheimnisvollen und attraktiven Mann verständigen zu können. Sie wollte ihm tausend Fragen stellen und tausend Antworten von ihm erhalten. Ihn fragen, wie ein normaler Tag in seiner Welt aussah, für wen sein Herz schlug und was er über sie dachte. Vielleicht waren die letzten beiden Fragen die, die sie ihm wirklich stellen wollte. Sie war sowohl gespannt die Antworten zu erfahren als auch ängstlich, das musste sie zugeben.

---

[178] *Kleiner* [Römischer Dialekt].

[179] *Ich... kleines Mädchen... hier... mit meiner Familie.*

Ein zunehmendes Dröhnen aus dem Norden durchbrach plötzlich die Stille der Nacht. Julianus zog sofort den *gladius* und stand still, die Beine leicht gespreizt, die Augen auf die Quelle des Lärms gerichtet, bereit zum Kampf.

Ein gigantisches Objekt, das einem dunklen und bedrohlichen Adler ähnelte, ragte in den schwarzen Himmel. Blinkende Lichter leuchteten an den Enden seiner Flügel und seines Schwanzes. Mit nach oben gerichteter Schnauze bewegte sich der Adler schnell auf das Meer zu, ohne mit den Flügeln zu schlagen, während hinter ihm das Dröhnen von tausend galoppierenden Pferden zu hören war. Julianus starrte den riesigen Vogel an, erschrocken und fasziniert zugleich.

Valeria war von Julianus' Reaktion überrascht und konnte sich ein amüsiertes Lachen nicht verkneifen.

»Es ist ein Flugzeug! Der Flughafen Fiumicino ist nur ein paar Kilometer entfernt. Es gibt nichts zu befürchten. Mit dem Schwert kannst du sowieso nicht viel anfangen«, erklärte Valeria ihm lächelnd.

Der Leonardo-da-Vinci-Flughafen in Rom-Fiumicino wurde am 15. Januar 1961 offiziell eröffnet und ist mit über 40 Millionen Passagieren pro Jahr der größte Flughafen Italiens und einer der wichtigsten in Europa.

Verwirrt beobachtete Julianus Valeria, ohne den Adler aus den Augen zu verlieren. Er war schon weit weg und flog über das Tyrrhenische Meer in Richtung Sardinien.

Valeria winkte Julianus, ihr das Smartphone zu überreichen. Dann erklärte sie mit Hilfe von Google Translate: »*Machina quæ volat est. Homines intus sunt.*[180]«

»*Homines intus sunt?*« fragte Julianus erstaunt. »*Quo*

---

[180] *Es ist eine Flugmaschine. Da sind Menschen drin.*

vadunt?[181]«

»Wohin sie fliegen? *Plurima loca. Sardinia, Hispania, Gallia, America...*[182]« sagte Valeria mit Hilfe des Online-Übersetzers.

»Amerika?« fragte Julianus verwirrt und runzelte die Stirn.

»Du kannst es nicht kennen, aber auf der anderen Seite des Atlantiks liegt ein Land, wohlhabend und riesig, mehr als viermal so groß wie Europa. Es wurde erstmals vor 530 Jahren von dem Italiener Christoph Kolumbus entdeckt. Heute sind die Vereinigten Staaten von Amerika die mächtigste Nation der Welt, so wie es Rom viele Jahrhunderte zuvor war. Schau mal, wir sind hier, das ist Italien«, sagte Valeria, während sie auf einer Google-Karte auf das einzigartige stiefelförmige Land zeigte. »Amerika ist hier, auf der anderen Seite des Ozeans. Nordamerika, Mittelamerika, Südamerika.«

Julianus sah sich die Karte auf Valerias Smartphone an, neugierig und erstaunt. In seinem Kopf begann sich eine Idee zu formieren. Aber er brauchte genauere Informationen, um sie in die Tat umsetzen zu können...

***

Valeria lag auf dem Rücken im weichen Sand und betrachtete die Sterne, die den Himmel zierten. Sie konnte nicht glauben, was gerade passiert war. Julianus lag neben ihr und hielt sie fest im Arm. Valerias Kopf ruhte auf seinem linken Bizeps und ihr lockiges Haar kitzelte seinen Hals. Alles war so schnell geschehen. Julianus war näher

---

[181] *Wo fliegen sie hin?*

[182] *Viele Orte. Sardinien, Spanien, Frankeich, Amerika...*

herangetreten, um auf Valerias Smartphone die Route besser sehen zu können, der Kolumbus auf seiner ersten Reise nach Amerika gefolgt war. In diesem Moment berührten sich ihre Gesichter fast und ihre Münder kamen sich gefährlich nahe. Valeria hatte den Blick gesenkt, obwohl sie von den wohlgeformten Muskeln des Legionärs unwiderstehlich angezogen war. Julianus hatte sie berührt, und sie spürte die Kraft und Wärme seiner Hände. Dann hatte er sie geküsst. Ein intensiver und leidenschaftlicher Kuss, der ihr den Atem raubte und ihr den Kopf verdrehte. Ihr letzter, schwacher Schutz war zusammengebrochen. Überwältigt von einer unwiderstehlichen Anziehungskraft, hatten sie sich ausgezogen – Valeria erinnerte sich mit einem Lächeln an Julianus' verwirrten Blick auf den Reißverschluss ihrer Lederjacke – und waren sich innerhalb weniger Sekunden am Fuße einer kleinen Sanddüne in die Arme gefallen. Sie liebten sich intensiv, fast verzweifelt. Sie wussten beide, dass dies wahrscheinlich die erste und letzte Chance sein würde, sich zu lieben.

Erst dann erinnerte sich Valeria daran, dass ihre Mailbox noch an war. Sie biss sich auf die Unterlippe. Sie fühlte sich schuldig, weil sie ihren Bruder nicht angerufen hatte, um ihm zu sagen, dass es ihr gut ging. Sie griff zum Smartphone, schaltete die Mailbox ab und wählte schnell die Nummer ihres Bruders. Carlo meldete sich nach dem ersten Klingeln.

»*Vale*? Geht es dir gut?« fragte er sofort, und man hörte die Besorgnis in seiner Stimme.

»Es geht mir gut«, antwortete Valeria. Es tat ihr leid wegen der Sorgen, die ihr Bruder sich ihretwegen gemacht hatte. »Es tut mir so leid, Carlo. Ich habe vergessen, die Mailbox abzustellen.«

»Wirklich? Denkst du, ich weiß das nicht? Ich habe dich mindestens dreißigmal angerufen. Um Himmels willen, *Vale*, es ist schon fast Mitternacht! Ich versuche seit 23 Uhr, dich anzurufen! Du hast Glück, dass Don Renato hier bei mir ist, sonst würde ich ausrasten!«

»*Figliolo...*« Valeria hörte, wie Don Renato ihren Bruder ausschimpfte.

»Ich habe ihn gefunden«, sagte Valeria. »Er ist hier bei mir.«

»Hör zu, *Vale*. Hör mir gut zu«, sagte Carlo in einem milderen, aber sehr ernsten Ton. »Du hattest recht. Dieser Kerl kommt wirklich aus der Vergangenheit. Aber er muss zurückgehen. Verstehst du mich? Er muss in seine eigene Zeit zurückkehren. Sein Leben und das Leben vieler anderer Menschen hängen davon ab.«

»Zurück in seine Zeit... wie? Das ist nicht so einfach. Wir wissen nicht einmal, wie er hierher gekommen ist!« sagte Valeria.

»Ich weiß, wie. Ich werde dir alles erzählen, das verspreche ich. Ich bin in der U.S.-Botschaft in der Via Veneto. Zwei Marines sind auf dem Weg, um euch abzuholen. Um Gottes willen, *Vale*, geht mit ihnen. Niemand wird Julianus etwas tun. Sie werden ihm helfen, wieder nach Hause zu kommen.«

»Ich glaube, sie haben uns gerade gefunden«, sagte Valeria, während sie zwei dunkle Gestalten beobachtete, die schnell auf sie zugingen und mit ihren schweren Militärstiefeln Sand aufwirbelten.

35

Rom, U.S. Botschaft
11. März 2022, 01:23 Uhr

Der blaue Fiat 500 bog in die Via Boncompagni ein und erreichte das Eingangstor an der Kreuzung mit der Via Lucullo. Der diensthabende Marine war über ihre Ankunft informiert worden. Er aktivierte sofort die elektronische Steuerung, die die beweglichen Poller absenkte und das Tor automatisch öffnete. Der Fiat 500 fuhr voran, gefolgt von einem schwarzen Lincoln Continental, der mit Flynn und Cheng ein paar Meter dahinter fuhr.

Carlo wartete vor dem L-förmigen Gebäude, in dem sich der Ring befand. Er rannte zum Auto seiner Schwester, während sie in einer der wenigen noch freien Lücken links vom Eingang parkte.

Valeria stellte den Wagen ab und zog die Handbremse an. Julianus drehte sich zu ihr um und hielt ihre Hand in der seinen. Seine Augen zeigten tiefe Traurigkeit. Valeria spürte, wie sich ihre Augen mit Tränen füllten. Sie wusste, dass ihre gemeinsame Zeit zu Ende war, für immer. Bald würde der Mann, in den sie sich verliebt hatte, tot sein... vor zwanzig Jahrhunderten.

Valeria schreckte auf, als ihr Bruder ihren düsteren Gedanken ein Ende bereitete, indem er leicht an das Autofenster klopfte. »Geht es dir gut?« fragte er besorgt. Valeria nickte. Widerstrebend löste sie ihre Hand von Julianus und öffnete die Tür des Fiat 500. Julianus stieg vorsichtig aus dem Auto, seine Bewegungen waren durch die akuten Schmerzen, die seine gebrochenen Rippen verursachten, eingeschränkt.

Major Young wartete mit verschränkten Armen vor dem Eingang des Gebäudes. March und Larson standen an seiner Seite. March trug eine halbautomatische Schrotflinte bei sich, die hauptsächlich der Einschüchterung diente. Major Youngs Befehl war klar: Der Legionär durfte in keiner Weise verletzt werden.

Valeria ergriff Julianus' Hand, und gemeinsam gingen sie zum Eingang des L-förmigen Gebäudes, während ein erstaunter Carlo das Paar ansah.

»Miss Betti, ich bin Major Young, United States Marine Corps«, sagte Young. Er trat zur Seite und bat Valeria, das Gebäude zu betreten. »Vielen Dank für Ihre Kooperation. Bitte, hier entlang«, fügte er hinzu und winkte Valeria und Julianus, ihm den Gang zu ihrer Rechten entlang zu folgen. Sie gingen etwa zehn Meter weiter und betraten dann einen Raum mit der Nummer 16.

***

»*Hic iterum*[183]«, dachte Julianus, während er sich umsah. Er war wieder in diesem kalten, weißen Raum. Der große Metallring stand vor ihm. Diesmal war der Raum jedoch nicht leer. Vier Augenpaare starrten ihn mit der gleichen Neugierde an, mit der man ein exotisches und seltenes Tier beobachtet.

An dem Tisch zu seiner Linken saß ein Mann mit platinblondem Haar. Vor ihm stand eine anthrazitfarbene Tafel, die ein sanftes Licht ausstrahlte, das sich auf den beiden runden, dunklen Glasscheiben spiegelte, die der

---

183 *Wieder hier.*

Mann vor seinen Augen trug[184].

Neben dem Tisch saß ein alter Mann mit Haaren so weiß wie Baumwolle. Er betrachtete ihn neugierig von einem Stuhl mit großen seitlichen Rädern aus. Er lächelte freundlich und grüßte ihn mit einem »*Salve*[185]«, während er seine linke Hand hob. Julianus erwiderte den Gruß und hielt einige Sekunden lang Blickkontakt mit den intensiven kobaltblauen Augen des Mannes.

Neben dem alten Mann erkannte er die junge Frau, die er erst vor ein paar Stunden verfolgt hatte. Sie hatte die Kleidung gewechselt, aber er hatte keinen Zweifel, dass sie es war.

»*Recte valet amicus tuus?*[186]« fragte er sie, da der andere Flüchtige nicht im Zimmer war.

»*Recte valet, nunc dormit*[187]« antwortete Lara mit einem Lächeln. »*Bene eveniat!*[188]«

Ein schwarz gekleideter Mann stand neben dem Ring. Sein Haar schien nass zu sein. Er trug eine rot-weiß-blaue Stoffschlinge um den Hals[189]. Auch er hatte runde Glasstücke vor seinen Augen, die klein und grau waren. Er sah ungeduldig aus, sagte aber nichts.

Es war Zeit zu gehen. Julianus nahm Valerias Hand und trat näher zu ihr heran. Er versenkte seine andere Hand in das lockige, weiche Haar des Mädchens und streichelte ihren Nacken, berauscht von ihrem Duft.

---

[184] Es ist Watneys Sonnenbrille. Obwohl die alten Römer Glasstücke als Lupen verwendeten, waren ihnen Brillen unbekannt. Die Erfindung der Brille scheint auf das 13. Jahrhundert zurückzugehen.

[185] *Hallo*. Wörtlich bedeutet es *Gesundheit*.

[186] *Geht es Ihrem Freund gut?*

[187] *Es geht ihm gut, er schläft jetzt.*

[188] *Viel Glück!*

[189] Es ist eine Krawatte.

Er küsste sie mit Intensität. Sein *basium*[190] war so leidenschaftlich, als wären sie allein. Keiner der beiden achtete auf Carlo, der sie mit offenem Mund während des gesamten Kusses staunend beobachtete.

Julianus streichelte ein letztes Mal über Valerias tränenverschmierte Wange. Dann flüsterte er ihr mit der rechten Hand auf seiner Brust zu: »*In perpetuum in corde meo.*[191]«

Dann wandte er sich wieder dem Ring zu. Die wässrige Membran vibrierte ein paar Zentimeter von ihm entfernt. Er schloss die Augen und überquerte sie.

***

Außer bei Valeria löste der Abschied von Julianus einen spontanen freudigen Ausbruch aus. Das Mädchen war sichtlich verzweifelt und suchte Trost in den Armen ihres Bruders. Carlo konnte immer noch nicht glauben, was er gerade gesehen hatte: Seine Schwester küsste einen römischen Legionär aus dem ersten Jahrhundert vor Christus.

Jubel und Freudenschreie hallten durch den Raum. Pfiffe der Anerkennung und jubelnde Umarmungen betrafen auch die vielen Marines, die sich auf der Schwelle des Labors drängten.

Major Young befahl sofort, den Ring zu deaktivieren. Lara beeilte sich, einen der Metallwürfel in seine ursprüngliche Position zu drehen. Die wässrige Membran verschwand augenblicklich und die weiße Wand hinter dem Ring wurde wieder sichtbar.

---

190 Kuss.

191 *Für immer in meinem Herz.*

»Es ist vorbei, endlich!« sagte Young sichtlich erleichtert.

»Vielleicht. Vielleicht auch nicht«, sagte Lionhill. Alle Anwesenden starrten ihn verwirrt an. »Miss Betti, Sie haben eine beträchtliche Zeit mit diesem Mann verbracht. Keine Sorge, ich bin nicht an den Einzelheiten Ihrer Beziehung zu ihm interessiert, was auch immer das sein mag. Was mich interessiert, Miss Betti, ist, ob Sie irgendwelche Informationen über zukünftige Ereignisse preisgegeben haben. Ereignisse, die in Julianus' Gegenwart noch nicht stattgefunden haben.«

Alle sahen Valeria an.

»Nun...« stammelte das Mädchen. »Er wollte wissen, wie Julius Cäsar gestorben ist...«

Der Professor wurde plötzlich blass. »Was haben Sie ihm gesagt?« fragte er.

»Wissen Sie... mein Latein ist sehr begrenzt«, sagte Valeria. »Ich habe mein Smartphone genommen und Wikipedia gestartet. Sie wissen doch, was Wikipedia ist, oder?«

»Natürlich weiß ich das. Die kollaborative Online-Enzyklopädie. Fahren Sie bitte fort.«

»Ich habe *Julius Caesar* in das Suchfeld eingegeben und *Latein* als Sprache gewählt.«

»Zeigen Sie mir die Seite, bitte.«

»Einen Moment«, sagte Valeria. Sie nahm ihr Smartphone aus der Tasche ihrer Jeans. Sie tippte das Passwort ein, um den Bildschirm zu entsperren, und startete dann die Wikipedia-App. Ein paar Sekunden später reichte sie Lionhill ihr Smartphone. »Hier ist es.«

Lionhill schnappte sich das Telefon des Mädchens und scrollte im Text bis zu der Stelle, an der der Mord an dem Diktator beschrieben wurde. Wenige Augenblicke später gab er das Smartphone an Valeria zurück. Er bedeckte sein Gesicht mit den Händen und rief schockiert aus: »*Santa Cleopatra*! Dieser Mann weiß, wann, wo, wie und von wem Cäsar getötet wird!«

Valeria brachte es nicht übers Herz, ihnen zu sagen, dass sie Julianus mit Hilfe des Internets auch alle Einzelheiten der ersten Reise von Christoph Kolumbus nach Amerika erzählt hatte. Genaue Daten und Orte der Abfahrt und der Ankunft, die Route, die benutzten Meeresströme, die Dauer der Reise, sowie Details und technische Merkmale der drei Schiffe, die Kolumbus benutzte, die Niña, die Pinta und die Santa Maria.

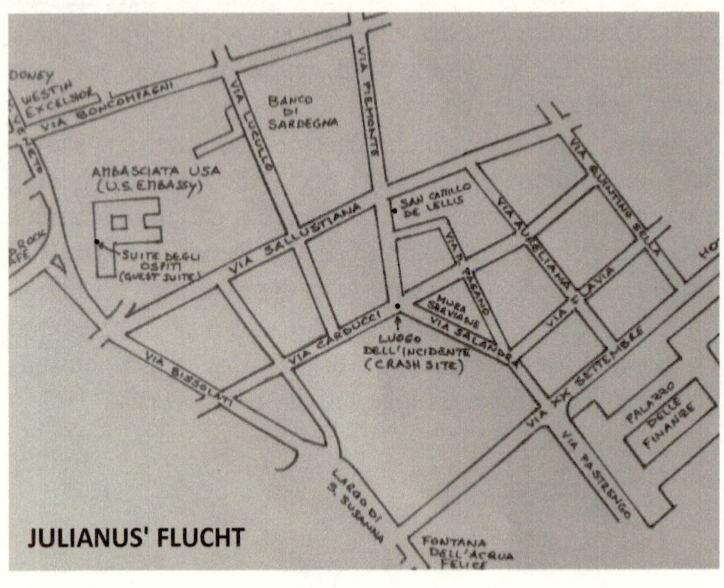

JULIANUS' FLUCHT

Teil Vier: ROMA INVICTA

Alme Sol, curru nitido diem qui
promis et celas aliusque et idem
nasceris, possis nihil urbe Roma
visere maius![192]

Quintus Horatius Flaccus, *Carmen Sæculare* (Verse 9-12)

[192] *Wohltätige Sonne, die auf leuchtendem Wagen den Tag du Herauffführst und wieder verbirgst, die du eine andere stets und stets doch dieselbe verjüngt entstehst, mögest du neben der Stadt Rom nichts können erblicken Größeres.* [Der Text folgt der Übersetzung durch Bernhard Kytzler von 1981]

36

Rom, Iden des März, 710 ab Urbe condita
(Rom, 15. März 44 v. Chr.)

Der *dictator perpetuo*[193] eilte zu der majestätischen weißen Treppe der *Curia Pompeii*[194] auf dem *Campus Martius*[195]. Der weiße Marmor des monumentalen Gebäudes betonte die rote Farbe der kolossalen Porphyrsäulen, die den vorderen Portikus stützten. Ein goldener Adler mit ausgebreiteten Schwingen überragte das Tympanon.

Der *Sol Invictus*[196] leuchtete hell über der Stadt. Der wolkenlose Himmel war tiefblau. Der melodiöse Gesang eines Buchfinken, der auf der Spitze des *Ædes Feroniæ* – des Feroniatempels – saß, hallte über den gesamten Bereich des *Porticus Minucia*[197]. Der Buchfink verstummte plötzlich, aufgeschreckt durch das Schlurfen der *calcei*[198] des *dictator* auf dem Kalksteinpflaster.

Der Mann trug eine weiße *tunica laticlavia*[199]mit zwei breiten roten Bändern unter einer eleganten *toga* aus

---

[193] *Diktator auf ewig.*

[194] Die *Curia Pompeii* (*Kurie von Pompeius*) war der Saal, in dem damals der Senat tagte. Es ist nach *Gnæus Pompeius Magnus* benannt.

[195] Der *Campus Martius* (*Marsfeld*) war ein öffentliches Gelände in Rom.

[196] *Unbesiegbare Sonne*, römischer Gott.

[197] Erbaut von Minucius Rufus, Konsul im Jahr 110 v. Chr., wurden die Portiken für die Verteilung von Getreide verwendet.

[198] Lederstiefel.

[199] Tunika von römischen Senatoren.

weißer Tarentwolle, die er über den Kopf gezogen hatte. Er bewegte sich in schnellem Tempo, den Kopf gesenkt. Zügig stieg er die steile Treppe hinauf, durchquerte den Säulengang und betrat die Kurie.

Senator Lucius Tillius Cimber wandte sich an ihn mit der Bitte, seinen verbannten Bruder Brutus nach Hause zurückkehren zu lassen. Der *dictator* sagte kein Wort, während mehr als sechzig Senatoren ihn umringten. Mit einer plötzlichen und schnellen Bewegung packte Cimber den *dictator* an den Schultern und zog ihm die *toga* herunter. Gleichzeitig zog Servilius Casca einen Dolch und stach ihm brutal in den Hals, so dass Blut spritzte und seine *toga* verschmierte. Gaius Cassius Longinus und Decimus Brutus Albinus zogen die Dolche, die sie unter ihren *togæ* versteckt hielten, und bohrten sie dem *dictator* in die Seite und die Brust, unmittelbar gefolgt von Gaius Trebonius und anderen Senatoren.

Marcus Brutus war der erste, der den tödlichen Fehler erkannte, den sie gerade begangen hatten.

»*Iste Cæsar non est!*[200]« schrie er, den Blick auf den leblosen Körper gerichtet, den sie für den *dictator* gehalten hatten und der nun rücklings in einer Blutlache auf dem Boden lag.

Ein langsames, rhythmisches Klatschen hallte durch den Saal und durchbrach die unwirkliche Stille, die auf Brutus' Worte folgte. Die Verschwörer blickten zu dem klatschenden Mann auf, unwillig zu akzeptieren, was ihre Augen sahen.

Julius Cäsar stand auf der Schwelle einer der drei Eingänge zur Halle, ein eisiger Blick begleitete den sarkastischen Beifall für die Männer, die gerade versucht hatten, ihn zu töten, aber scheiterten.

---

[200] *Er ist nicht Cäsar!*

»Er war ein germanischer Sklave, der das Pech hatte, mir sehr ähnlich zu sehen«, sagte der *dictator* in ernstem Ton und betonte dabei jedes Wort.

Dutzende von Legionären in kriegerischer Ausrüstung strömten aus den beiden anderen Eingängen in die Halle und umringten die Verschwörer, die den Leichnam des Sklaven umstanden.

Ein Legionär mit leicht gewelltem schwarzem Haar und braunen Augen flankierte den *dictator* mit einem weiteren Dutzend Legionäre.

»Ich verdanke dir mein Leben, Publius Liburnius Julianus«, sagte Cäsar.

Bevor die Legionäre sie gefangen nehmen konnten, töteten sich die meisten Verschwörer mit ihren eigenen Dolchen. Kein Schrei war zu hören, die Stille war unwirklich und voll von Tod. Nur sechs von ihnen waren nicht mutig genug, sich selbst zu töten.

»*Crucifigite eos!*[201]« befahl Cäsar, während er den Saal verließ.

Julianus betrachtete die Leichen der Verschwörer, die auf dem kalten, blutbefleckten weißen Marmorboden verstreut lagen.

»*Historia mutata est*[202]«, flüsterte er.

---

[201] *Kreuzigt sie!*

[202] *Die Geschichte wurde geändert.*

37

Nova Roma, ante diem VII Kalendas Apriles,
2803 ab Urbe condita
(Nova Roma, 26. März 2050)

Eine bedrohliche Front dunkler Wolken näherte sich von Norden und kündigte einen bevorstehenden Sturm an. Ferne Blitze zuckten wie winzige Stroboskoplichter mit Unterbrechungen durch die Wolken. Das erste Licht der Morgendämmerung erhellte den Horizont und beleuchtete die Außenbezirke von *Nova Roma*[203] auf der anderen Seite des Flusses, im westlichen Teil von *Insula Longa*[204]. Eine Möwe schwebte ein paar Dutzend Meter über dem plätschernden Wasser des Flusses. Die Wellen spiegelten die goldenen Farben der aufgehenden Sonne wider.

Marcus Liburnius Valerius liebte es, ein paar Minuten vor Sonnenaufgang aufzuwachen und zu genießen, wie ein neuer Tag geboren wurde. Er trug ein rotes Seidengewand. Er führte eine Tasse dampfenden Kaffees an die Lippen und nippte vorsichtig daran, um sich nicht die Zunge zu verbrennen. Dann konzentrierte er sich wieder auf das majestätische Erwachen der Natur vor dem großen Fenster im *atrium* seiner Wohnung. Wenn er beruflich das *Mare Oceanum*[205] überqueren musste, wohnte er in der 95. Etage eines *altadomus*[206].

---

[203] *Neues Rom.*
[204] *Lange Insel.*
[205] *Ozean Meer.*
[206] Wolkenkratzer (wörtlich: *Hoch-Haus*). Plural: *altædomus*.

Valerius war Quantenphysiker und verbrachte sechs bis acht Monate im Jahr in *Nova Roma*. Zu viele, dachte er. Er liebte Rom sehr, wo er vor 27 Jahren in einer regnerischen Nacht Anfang Dezember geboren wurde. Aber es war nicht ungewöhnlich, dass ein junger Mann wie er Erfahrungen in den Provinzen von *Julia Septentrionalis* sammelte, bevor er eine Anstellung näher an den *Urbs* erhielt. Valerius hoffte, eines Tages in die *Provincia Narbonensis*[207] oder nach *Baetica*[208] umziehen zu können. Er liebte das Meer, die Sonne, das milde Klima des *Mare Mediterraneum*. Obwohl er in den letzten fünf Jahren die meiste Zeit in *Nova Roma* verbrachte, war er immer noch nicht an die kalten Winter gewöhnt, wenn arktische Winde und heftige Schneefälle die Insel *Mannahatta*, auf der er lebte, mit einem eisigen weißen Mantel bedeckten.

Als die Sonne langsam über den Himmel stieg und sich die letzten Schatten der Nacht hinter den *altædomus* zurückzogen, begann Valerius zu phantasieren. Er fragte sich, wie dieses Land für die ersten römischen Legionäre ausgesehen hatte, die vor über 2000 Jahren ankamen.

Nach alter Überlieferung war es sein Vorfahre Publius Liburnius Julianus, der als erster das *Mare Oceanum* im Jahre 713[209] *ab Urbe condita* überquerte. Er befehligte die *Legio XII Fulminata*, die später nach den vielen Siegen auf der anderen Seite des Meeres den Namen *Atlantica Victrix*[210] erhielt. Cäsar hatte dank Julianus das Attentat während den Iden des März überlebt. Seitdem vertraute er dem Mann, der ihm das Leben gerettet hatte. Als Julianus um das Kommando über eine Legion bat, um die

---

[207] Südfrankreich.

[208] Südspanien.

[209] 41 v. Chr.

[210] *Atlantik Sieger.*

römischen Eroberungen auf die unbekannten westlichen Länder jenseits des Meeres auszudehnen, stimmte Cäsar der Bitte wenn auch etwas zweifelnd zu.

Unter dem Kommando von Julianus breiteten sich die Römer relativ schnell in *Julia* aus, wie das neue Land jenseits des *Mare Oceanum* zu Ehren von Gaius Julius Cäsar benannt wurde, dem *Imperator*, der die Eroberung begann.

Die *Ur-Julianer* lebten meist in kleinen Stämmen von einigen Dutzend Individuen und waren mit der Kriegskunst nicht vertraut. Sie konnten den römischen Legionären nichts entgegensetzen, die über fortschrittlichere Waffen, gut etablierte Kriegstechniken und eine starke militärische Disziplin verfügten. Bereits 720[211] *ab Urbe condita*, nur sieben Jahre nach der Ankunft von Julianus mit seiner *Legio XII*, hatten die Römer über eine halbe Million Quadratmeilen[212] erobert. Rom kontrollierte die gesamte Region zwischen den *Lacus Magni*[213] im Norden, dem *Sinus Caripus*[214] (der *Julia Septentrionalis*[215] von *Julia Australis*[216] trennt) im Süden, den *Campi Lati*[217] im Westen und dem *Mare Oceanum* im Osten.

Die *Legio XII* wurde später durch die *Legio XIII Colonia Julia* und die *Legio XIV Ponentis* verstärkt. In den folgenden Jahrzehnten setzte sich die römische Expansion systematisch und stetig fort. Mit der Unterstützung von

---

[211] 34 v. Chr.

[212] Römische Meilen. Eine römische Meile entspricht 1,48 Kilometern.

[213] *Große Seen.* Gebiet im Norden der USA an der Grenze zu Kanada.

[214] *Karibischer Golf.*

[215] *Nordjulia.*

[216] *Südjulia.*

[217] *Große Ebenen.*

Hilfstruppen der *Ur-Julianer* vollendete die *Legio Ponentis* die Eroberung von *Julia Septentrionalis* und erreichte das *Mare Cæsaris* im Westen. Die *Legio Colonia* zog stattdessen nach Süden. Mit Hilfe der Veteranen der *Legio XII Atlantica Victrix* brachte sie den Adler von Rom dazu, die gesamte *Julia Australis* zu regieren. 764[218] *ab Urbe condita* gehörten sowohl *Julia Septentrionalis* als auch *Julia Australis* zu Rom.

Julia war ein Glücksfall für Rom gewesen. Seine riesigen und fruchtbaren Ebenen machten es zwei Jahrtausende lang zur Hauptkornkammer der Römer, und die reichen Goldminen füllten die kaiserliche Schatzkammer wie nie zuvor. Hunderttausende *Ur-Julianer* erwiesen sich als treue und mutige Legionäre und erhielten bereits 730[219] *ab Urbe condita* das römische Bürgerrecht. In den kommenden Jahrhunderten spielten die *Ur-Julianer* eine zentrale Rolle bei der römischen Expansion nach Afrika und Asien.

Die römischen *castra* in *Julia* wurden allmählich zu blühenden Städten mit Thermalbädern, Theatern, Stadien, Tempeln und Wohnviertel. Städte wurden durch Aquädukte versorgt und mit gepflasterten Straßen verbunden, was den Personen- und Warenverkehr erhöhte und beschleunigte. Zehntausende römischer Siedler kamen aus allen Provinzen des Reiches nach *Julia*: *Gallia, Italia, Hispania, Cyrenaica.* Entlang der Küsten entstanden blühende Handelshäfen, angeheizt durch einen endlosen Strom von Waren aller Art von und zum Mutterland.

Als die Legionäre der *Legio XII* die Küste von *Julia Septentrionalis* hinaufzogen und *Mannahatta* erreichten,

---

[218] Jahr 11.

[219] 24 v. Chr.

wie die *Ur-Julianer* den Ort nannten, fanden sie nur Sümpfe und Wälder vor. Aber jetzt war *Nova Roma* mit über 25 Millionen Einwohnern eine der mächtigsten Städte der römischen Welt. Seit dem Ende der römischen Eroberung des Kontinents im Jahr 764 *ab Urbe condita* erlebte *Julia* keinen Krieg mehr.

Seitdem hat sich viel verändert. Das Imperium wurde 300 Jahre zuvor durch eine Föderation unabhängiger Provinzen, die *Fœderatio Provinciarum Romæ*[220], abgelöst, die dieselbe Sprache, dieselbe Währung und dieselbe Gesetzgebung hatten. Die Sklaverei wurde 500 Jahre zuvor abgeschafft, und das römische Bürgerrecht wurde auf alle Menschen im Reich ausgedehnt. Auch die Todesstrafe wurde abgeschafft, außer für besonders brutale Verbrechen.

Das Geräusch eines eingehenden *Holo-Anrufs* holte Valerius in die Gegenwart zurück. Er trank seinen letzten Schluck Kaffee, stellte die Tasse auf die weiße Marmorplatte zu seiner Rechten und tippte dann zweimal mit seinem rechten Zeigefinger auf das schwarze Armband an seinem linken Handgelenk. Das lebensgroße holografische Bild von Plinius materialisierte sich in der Mitte des *atrium*.

Plinius trug eine elegante weiße Leinenhose, bequeme hellbraune Wildlederhalbschuhe und eine hellblaue kurze *tunica* aus Seide. Sein schwarzes, gelocktes Haar war sorgfältig gekämmt, obwohl es Anzeichen einer zunehmenden Glatze aufwies. Sein Gesicht war perfekt rasiert.

»*Salve tibi, Valeri!*[221]« sagte das holografische Bild von Plinius und hob seine linke Hand zum Gruß. Der Klang

---

[220] *Föderation der Römischen Provinzen.*

[221] *Auf deine Gesundheit, Valerius!*

seiner Stimme hallte im Raum wider, als befände sich der Senator im *atrium* von Valerius und nicht im über 4000 Meilen[222] entfernten Rom.

»*Ave, Plini!*[223]« antwortete Valerius herzlich. Die beiden waren alte Schulkameraden. Obwohl sie zwei sehr unterschiedliche Karrieren eingeschlagen hatten – Valerius als Wissenschaftler und Plinius als Politiker – blieben sie in engem Kontakt.

»Was verschafft mir das Vergnügen deines frühmorgendlichen *Holo-Anrufs*?«

»Abgesehen davon, dass es hier in Rom Mittagszeit ist... willst du raten?« fragte Plinius in heiterem Ton. »Die Nachricht von deinem erfolgreichen Experiment hat ein Erdbeben ganz oben in der *Fœderatio* ausgelöst! Und es ist noch nicht einmal öffentlich bekannt! Glückwunsch! Du bist berühmt, mein Freund!«

»Es ist nicht *mein* Experiment«, korrigierte ihn Valerius bescheiden. »Das Verdienst liegt nicht allein bei mir. Ich gehöre zu einem Team von fünf Forschern. Auf jeden Fall – ich danke dir.«

»Meine... unsere... das sind Details«, winkte Plinius ab, während er seine rechte Hand in einer bedeutungsvollen Geste drehte. »In der Politik gilt: Wenn du nicht die Lorbeeren einheimst, werden andere es für dich tun, mein Freund. Aber darum geht es ja auch nicht. Was du geschafft hast, was *ihr alle* geschafft habt, ist fantastisch!«

»Das ist nur der erste Schritt«, antwortete Valerius und senkte leicht verlegen den Blick. »Was wir bisher erreicht haben ist, dass wir einen kleinen Eisenwürfel von der Größe eines *Kubik-digitus*[224] für eine Minute in die

---

[222] Römische Meilen.

[223] *Heil Plinius!*

[224] Ein *digitus* entspricht 1,85 Zentimetern (Plural: *digiti*).

Zukunft geschickt haben.«

»Und es hat funktioniert, mein Freund!«

»Ja, das ist wahr«, räumte Valerius ein. »Aber wir wissen immer noch nicht, ob es auch mit anderen Materialien funktioniert. Oder, was noch wichtiger ist, mit Menschen.«

Valerius schaute zerstreut aus dem großen Fenster seines *atrium*. Ein purpurroter *omnibus*[225] des öffentlichen Nahverkehrs begann seine schnelle, senkrechte Abfahrt, um eine lange Reihe von Fahrgästen aufzunehmen, die an der Haltestelle am Fuße des *altadomus* warteten, wo Valerius wohnte.

»Ein Schritt nach dem anderen, mein Freund. Ich bin sicher, du wirst es schaffen.«

»Das werden *wir*, wenn überhaupt«, korrigierte ihn Valerius.

»Natürlich...« räumte Plinius ein. »Wie auch immer, der Senat wird am Nachmittag eine Sondersitzung hier in Rom abhalten. Senator Appius Flavianus aus der *Provincia Lusitania* hat eine Gesetzesvorlage vorgelegt, die Zeitreisen von der Gründung der *Urbs* bis heute verbieten soll.«

»*Pro sancte Iuppiter!*[226]« rief Valerius erstaunt aus. »Er hat nicht viel Zeit verloren! Wir haben unser Experiment doch erst gestern durchgeführt!«

»Du solltest inzwischen wissen, dass *Politik* ein Synonym für *Effizienz* und *Produktivität* ist, mein Freund«, antwortete Plinius mit einem spöttischen Lächeln.

---

[225] *Omnibus* bedeutet wörtlich übersetzt „*für alle*". Das Wort *Bus*, das heute üblicherweise für große, selbstfahrende Radfahrzeuge zur Beförderung von Fahrgästen verwendet wird, stammt von o*mnibus*.

[226] *Beim Jupiter!*

»Richtig... vor allem ein Synonym für *Ehrlichkeit* und *Selbstlosigkeit*«, fügte Valerius sarkastisch hinzu. »Warum will Flavianus Zeitreisen in den letzten 28 Jahrhunderten verbieten?« fragte er in einem ernsten Ton.

»Du kannst es dir denken... Flavianus befürchtet, dass die Geschichte Roms durch potenzielle Zeitreisende absichtlich oder unabsichtlich verändert werden könnte. Flavianus will nicht nur Zeitreisen von der Gründung der *Urbs* bis heute verbieten, sondern auch eine Reihe von Gesetzen einführen, die festlegen, wie und in welchem Umfang Zeitreisende mit Gegenständen und Menschen aus einer anderen Epoche in Kontakt treten können.«

»Nun... ich muss sagen, dass ich Flavianus in diesem Punkt zustimme. *Falls*«, er betonte die Konjunktion, »und sobald wir in der Lage sein werden, Zeitreisen zu unternehmen, werden wir strenge Gesetze brauchen, um das Risiko einer Veränderung der Geschichte zu begrenzen. Auch wenn das Verbot von Zeitreisen in den letzten 28 Jahrhunderten uns daran hindern wird, viele Geheimnisse der Vergangenheit zu lüften.«

»Es wird noch Dutzende von Rätseln geben, die wir endlich lösen könnten«, sagte Plinius. »Vom Kreis der megalithischen Steine[227] in *Britannia* bis zu den riesigen Steinköpfen auf der Insel Rapa Nui, vom Bau der Pyramiden in Ägypten bis zum verlorenen Kontinent Atlantis.«

»Der Mythos von Atlantis hat mich schon immer fasziniert«, sagte Valerius. Er blickte durch das große Fenster des *atrium* in Richtung Osten. »Eines Tages würde ich gerne in der Zeit zurückreisen und die Insel Thira in der Ägäis kurz vor der Minoischen Eruption besuchen«, fügte er hinzu. Er richtete seinen Blick auf den kleinen

[227] Stonehenge.

Edelstahlring von etwa fünf *digiti*, der am Vortag den Eisenwürfel eine Minute in die Zukunft geschickt hatte.

»Deine Entdeckung kann die Geschichte verändern, mein Freund.«

EPILOG

Rom, eine Privatwohnung
2. Dezember 2072

»*Deine Entdeckung kann die Geschichte verändern, mein Freund.*«

Nachdem er die letzten Worte gelesen hatte, schloss der Mann das Buch mit dem roten Einband und legte es auf den Nachttisch zu seiner Rechten. Er rieb sich vorsichtig die Augen, denn er war müde von dem langen Tag.

»*Papino*[228], ist das eine wahre Geschichte?« fragte das kleine Mädchen mit schläfriger Stimme, während sie die Augen schloss. Ihr langes braunes Haar lag ausgebreitet auf dem Kopfkissen.

»Was glaubst du, *Gnappy*[229]?« fragte der Mann lächelnd und beugte sich vor, um sie zuzudecken. Die Temperatur war in den letzten Tagen schlagartig gesunken und lag in der Nacht nur noch ein paar Grad über Null. Der Himmel war wolkenlos, und durch das Fenster im Zimmer des Mädchens konnte der Mann die Sterne am pechschwarzen Himmel sehen.

»Ich glaube, es ist eine wahre Geschichte.«

»Vielleicht ist sie das, *topino*[230]. Manchmal ist die Grenze zwischen Traum und Wirklichkeit, zwischen Fantasie und Wahrheit eine feine Linie, die sehr schwer zu

---

228 *Papi.*

229 Kurz für *gnappetta,* was im römischen Dialekt *kleines Mädchen* bedeutet.

230 *Kleine Maus.*

ziehen ist. Nachts, wenn wir von Schatten umgeben sind, wird dieser Grat noch schmaler, und die unwahrscheinlichsten Ereignisse können sich als wahr herausstellen.«

»Wo ist Julianus jetzt?« fragte das Mädchen, ihre Worte gemurmelt, kurz vor dem Einschlafen.

»Der Legende nach hat sich Julianus in einen Stern verwandelt, den hellsten im Sternbild Leier.«

Der Mann stand auf und ging zum Fenster. Nach ein paar Sekunden entdeckte er den Stern, der weit entfernt leuchtete, ein winziger heller Punkt am unendlichen Himmel.

»Er beobachtet uns von oben«, sagte der Mann und zog die goldgelben Leinenvorhänge zu.

Er ging wieder zum Bett. Das Mädchen war schon in Morpheus' Arme gefallen. Ihr Atem war regelmäßig, süß und kaum hörbar.

Der Mann löschte das Licht und schloss die Tür. Er ging schweigend den Flur entlang zu dem Raum, der ihm als Büro diente. Er schaute auf die Uhr und beschloss, dass es noch nicht zu spät war.

»Ich kann noch ein paar *Holo-Anrufe* machen«, sagte er zu sich selbst und lächelte.

Anmerkung des Autors

Neben Rom und der römischen Geschichte habe ich schon immer alternative Geschichtsromane und Zeitparadoxa geliebt. In der Geschichte, die Sie gerade gelesen haben, habe ich neben direkten Verweisen auf Filme und Bücher über Zeitreisen (von *Terminator* bis *Zurück in die Zukunft*, von *Geronimo Stilton* bis *Mickey Mouse*) auch eine versteckte Hommage an einige der bekanntesten Romane zu diesem Thema geschrieben.

March, der etwas langsame *sellerone* in der US-Botschaft in Rom, ist eine Hommage an Xavier March, die Hauptfigur in *Vaterland*, einem dystopischen Roman von Robert Harris, der in einer alternativen Realität spielt, in der Nazi-Deutschland den Zweiten Weltkrieg gewonnen hat.

Major Young und Leutnant McDougall wiederum sind eine Hommage an Stephen Frys *Geschichte Machen* (dessen Hauptfigur, Michael Young, eine alternative Zeitlinie erschafft, in der Adolf Hitler nie geboren wurde) und Sophia McDougalls Trilogie *Romanitas-Rome Burning-Savage City*, die in einer Welt spielt, in der das Römische Reich bis heute überlebt hat.

Der Gesundheitsfanatiker Dr. Frink hat seinen Namen von einer der Hauptfiguren in Philip K. Dicks *The Man in the High Castle*, dem Roman, der die erfolgreiche Amazon Serie inspirierte. Das Buch spielt in einem Szenario, in dem die Achsenmächte den Zweiten Weltkrieg gewonnen haben und die Vereinigten Staaten in zwei Blöcke geteilt sind, das Große Nazireich im Osten und die japanischen

Pazifikstaaten im Westen, getrennt durch eine neutrale Zone, die dem Gebiet der Rocky Mountains entspricht.

Morlock ist eine Hommage an H. G. Wells' *Die Zeitmaschine*, in der die Menschheit im Jahr 802.701 zwischen den friedlichen Eloi und den monströsen Morlocks – Kannibalen, die sich von den Eloi ernähren – aufgeteilt ist.

Brittany Bagnall, die ROV-Verantwortliche an Bord des ozeanographischen Schiffes *Destiny* (*nomen est omen*[231]...), ist eine Hommage an die *Worldwar-Serie* von Harry Turtledove, eine Reihe alternativer historischer Science-Fiction-Romane über eine außerirdische Invasion der Erde während des Zweiten Weltkriegs, in der Bagnall eine der Hauptfiguren ist.

Der Krankenpfleger Vito De Marchi hat seinen Namen von Gianluigi De Marchi, einem der beiden Autoren (der andere ist Francesco Femia) des sehr originellen Buches *Il regno unito d'Italia (tutta un'altra storia)*[232], in dem es um die Niederlage Giuseppe Garibaldis in der Schlacht von Volturno und die darauf folgende Vereinigung Italiens durch das *Regno delle Due Sicilie*[233] geht.

Botschafter Harlan hat seinen Namen von der Hauptfigur in Isaac Azimovs außergewöhnlichem Roman *Das Ende der Ewigkeit*, in dem es um ein Zeitparadoxon geht.

Was das Zeitparadoxon betrifft, das im Mittelpunkt dieses Buches steht (wenn der *kỳklos* die *Ursache* für die Entstehung einer alternativen Zeitlinie ist – in der Julius Cäsar die Verschwörung der Senatoren überlebt und die Römer Amerika dann erobern –, wie kann der *kỳklos* dann

---

[231] *Der Name ist Programm.*

[232] *Das Vereinigte Königreich Italien (eine ganz andere Geschichte).*

[233] *Das Königreich beider Sizilien.*

auch die *Wirkung* einer solchen alternativen Zeitlinie sein und daher von den Römern der Zukunft, den geheimnisvollen Göttern ***(R)O-ma-n(ó)i*** im Prolog, erfunden und gebaut werden?), gibt es unzählige Filme, Bücher, Comics und sogar Videospiele zu diesem Thema.

Ich möchte nur einige davon nennen: den Film *Terminator 2: Tag der Abrechnung*, in dem die Teile eines Terminators – der aus der Zukunft stammte – von Wissenschaftlern in der Vergangenheit verwendet werden, um den ersten Terminator zu entwickeln; oder den Film *Flucht vom Planet der Affen*, in dem Cäsar (ist der Name ein Zufall?), der Stammvater der Rasse intelligenter Affen, die in der Zukunft den Planeten Erde beherrscht, der Sohn zweier intelligenter Affen, Cornelius und Zira, ist, die aus eben dieser Zukunft stammen.

Der NASA-Ingenieur Watney ist eine Hommage an die Hauptfigur in dem spannenden Roman *Der Marsianer* von Andy Weir, Vorlage des Films mit Matt Damon in der Hauptrolle.

Ein weiteres Kuriosum: Den Fans von Clive Cussler – und ich bin einer von ihnen – ist sicher die türkise Farbe des Rumpfes der *Destiny* aufgefallen, die gleiche Farbe wie die Schiffe der NUMA *(National Underwater and Marine Agency)* in Cusslers Romanen.

Das Buch enthält auch viele autobiografische Bezüge: Daten, Orte, Menschen und Gegenstände, die mir viel bedeuten und einen besonderen Platz in meinem Herzen haben. Ich werde hier nicht zu viel Zeit auf diese Bezüge verwenden, da sie für die meisten Leser irrelevant sind. Diejenigen, die mich kennen, werden viele der kleinen Hinweise entdecken, die ich absichtlich im Buch versteckt habe. Dennoch gibt es drei Hinweise, die ich gerne offenlegen möchte.

Der erste bezieht sich auf Áreos' Tochter, Eilínas. Physische Beschreibung, Alter und Name erinnern an meine Tochter Elena. Schließlich stammt der Name Áreos vom griechischen Gott Ares, so wie der Name Marco von Mars, dem römischen Pendant zu Ares, stammt. Inspiriert von Elena ist auch das kleine Mädchen im Epilog, das im Idealfall die Geschichte abschließt, die Eilínas im Prolog eröffnet hat.

Der zweite Hinweis bezieht sich auf eine der Hauptfiguren des Buches, Carlo. Wie sein reales Pendant kämpfte auch der Carlo im Buch in jungen Jahren gegen einen bösartigen Hirntumor. Der reale Carlo verlor seinen Kampf am 9. September 1993, aber die Erinnerung an ihn lebt in den Herzen derer weiter, die ihn liebten.

Der dritte und letzte Hinweis bezieht sich auf die Hauptfigur in diesem Buch, den Legionär Julianus. Mit ihm wollte ich eines lieben Freundes gedenken, der an Mariä Himmelfahrt 2014 viel zu früh verstorben ist. Sein Name war Giuliano und er war ein erstaunlicher Musiker. Wie im Epilog geschrieben, stelle ich mir gerne vor, dass er sich in den Stern Wega verwandelt hat, den hellsten im Sternbild *Leier*. Die Leier, ein Musikinstrument. Kein Zufall.

Danksagungen

Einen Roman zu schreiben ist nicht einfach, vor allem nicht für einen Anfänger. Aber es kann Spaß machen. Und ich gebe zu, dass ich beim Schreiben von DER RING VON SANTORINI eine Menge Spaß hatte. Vor allem während der langen Wochenenden und Nächte der Covid-19-Sperre, als Lionhill, Julianus, Valeria, Carlo, Don Renato und all die anderen Figuren des Buches mich unterhielten und – warum auch nicht – auch zum Lächeln brachten.

Ich möchte jedoch die Gelegenheit nutzen, all jenen zu danken, die dazu beigetragen haben, den Roman zu verfeinern und ihn für das Publikum angenehmer zu gestalten.

Francesco Denti, Dario Giacomini, Isa Lemessi, Gianguido Saletnich und *Giordano Zevi*, die mich auf Tippfehler hinwiesen, die ich später korrigieren konnte.

Emanuela Sarracino, die mir wertvolle und präzise Informationen über die verschiedenen Phasen des Kataklysmus, der die Insel Santorini vor über 36 Jahrhunderten verwüstete, zur Verfügung stellte.

Francesca Hennig-Possenti, die mir von der Supernova 1054 erzählte und mich auf die Idee brachte, dass der Rover sie in der Vergangenheit fotografiert hat.

Serena Antonnicola und *Guidotto Colleoni*, die alle lateinischen Sätze im Buch überprüft und überarbeitet haben.

Winny Wambach, die eine großartige Arbeit bei der Übersetzung des Buches ins Deutsche geleistet hat.

Und zu guter Letzt ein herzliches Dankeschön an Sie alle, liebe Leserinnen und Leser. Ich hoffe, dass Ihnen DER RING VON SANTORINI mindestens so viel Spaß gemacht hat wie mir.

www.ingramcontent.com/pod-product-compliance
Lightning Source LLC
LaVergne TN
LVHW091134080826
845145LV00008B/2146
* 9 7 8 1 7 3 5 2 0 5 4 8 9 *